W0418118

LE CIEL OUVERT

Nicolas Mathieu

LE CIEL OUVERT

Dessins d'Aline Zalko

ACTES SUD

“J’appartiens sans retour
à cette sombre nuit
qu’on appelle l’amour.”

Victor Hugo

Je ne sais plus quand j'ai commencé à écrire sur Facebook. Vers 2008 je crois. Et mon premier post Instagram doit dater de 2012. Depuis, j'en ai publié plus de mille quatre cents. Mais à partir de 2018, j'ai commencé à écrire là des messages qui n'étaient destinés qu'à une seule personne. Une femme, qui n'était pas libre. Ces textes peuvent se lire comme des billets cachetés que je lui adressais et où je glissais par surcroît, comme une friandise, l'attention que d'autres allaient leur porter. Je lui disais je pense à toi, tout le temps, je te veux, tes mains, ton cul, tes baisers, ton temps, ta nuit, je te veux et tu n'es pas là. Je présumais la fin de notre histoire, je rêvais de la suite, je ressassais les trois ou quatre mêmes idées fixes, l'absence, le besoin, le secret, notre joie malgré tout. Surtout, je lui disais regarde comme je t'aime : on t'envie.

Car par le ciel ouvert de notre correspondance, les regards de lecteurs inconnus venaient amplifier notre histoire, ils l'ouvraient sur un dehors qui contredisait heureusement notre clandestinité. Ces textes que j'écrivais dans mon coin, seul, inquiet, enragé à lui plaire, ces textes destinés à cette femme qui m'était disputée par un autre, par une famille, un job, des responsabilités, des journées où j'avais si peu de place, ces textes furent ma ruse, mon vrai don et un défi. Ils attestèrent notre existence aux yeux du monde. Ils lestèrent cet amour du poids de tous les yeux qui se portaient sur lui. Ils firent donner toute la lumière possible sur cette ombre à laquelle nous étions réduits.

Les écrivant, j'inventais aussi l'amour entre nous, j'ouvrais comme toujours le laboratoire des romans, dressais les éprouvettes où distiller le vécu, condenser la substance des histoires futures. J'étais cette machine à fiction qui mue la fugue en destin. Chaque mot eut son rôle à jouer dans cette légende à venir. Je cherchais encore à briser un peu de ma solitude, quand j'étais un amant enfermé tout seul chez lui et que je supputais l'horrible existence de l'autre, loin de moi, avec un homme qui n'avait pas mes traits, quand j'étais un voyageur coincé dans une chambre d'hôtel, dans un autre train, dans un autre aéroport, quand j'étais un patient à l'hôpital, ton mec qui ne sait pas l'être, un père, un fils, tous ces rôles successivement intenables, notre comédie.

Dans cette histoire, nous n'avons brûlé aucune étape. Se découvrir, se perdre, se maudire, nous rabibocher. Nos cœurs furent versatiles. Nos heures comptées. Mais des chambres d'hôtels, des plages et des nappes de restaurants, nos maisons et des amis pourraient témoigner de nos plaisirs et de la joie malgré tout. Nous avons été jaloux, meurtris, maniganceurs et malintentionnés. Nous avons beaucoup bu, beaucoup fait l'amour et peu dormi en définitive. Nous en avons aimé d'autres, nous nous sommes souvent manqués. Pas mal de larmes, de rigolades, de sommiers maltraités, des textos par milliers dont il ne restera rien, des Noëls avec et sans, des vacances pareilles, du poids qu'on perd et qu'on reprend, des ultimatums et des promesses, tout l'éventail. Reste que nous avons vécu. Des dizaines de textes témoignent de ce sort magnétique, notre cours commun et hachuré, ces droites adjacentes qui finalement ne se seront pas confondues.

À tout relire, je retrouve la succession des saisons, la douleur et l'excitation des débuts, l'ennui du jour le jour, les tournées, les villes entrevues, quelques autres obsessions, la mer, le désespoir, la rage, le bonheur intenable, des dîners, nos enfants, la boisson, des gueules de bois, des heures au lit et des heures à attendre, les étés revenus, à force tout s'empile et, dans ces blocs de phrases qui furent semés sur cinq ou six ans, où tout se répète jusqu'au vertige, je retrouve tout simplement nos vies et cette histoire qui de part en part les traverse. L'ensemble qui est notre douleur et fut notre occasion.

Ces textes furent aussi écrits pour poursuivre cette guerre au cours des choses qui m'occupe depuis l'adolescence, en figeant le mouvement de l'horloge, en muant en mots l'infernal trafic de sentiments, d'impressions et d'images qui nous traversaient. Au fond, la vie est presque toujours au-dessus de nos forces. Et partant de là, écrire n'aura été pour moi que la tentative de tenir bon, de ralentir un peu l'imminence de la dernière vague. C'est bien ce geste que j'ai tenté, un jour après l'autre. Mais ce mouvement si personnel, je ne l'ai pas accompli dans le désert. Écrire est toujours revenu ici à exprimer un sort qui ne m'appartenait pas en propre, à détourer dans la brume des situations et des affects une silhouette dans laquelle d'autres pourraient se retrouver, une place qui serait aussi la leur, où ils auraient enfin les mots pour le dire. Une voix a toujours un devenir collectif et en cela, la littérature est fatalement politique. Voici pourquoi cette histoire d'amour, si singulière et semblable aux autres, emporte avec elle une visée qui dépasse de beaucoup ses seuls protagonistes.

En concevant ce recueil avec mon éditrice Emmanuelle Lê, nous sommes bien partis de cette ligne de feu qui va des éphémérides d'une passion, des fragments d'un corps qui aime, vers la possibilité d'un dehors, d'une assomption vers davantage. Sans cesse, on y entend la même voix qui ressasse : Est-ce tout ? N'y a-t-il que ça ? Si peu de vie, si peu de temps, si peu de souffle ? Et ma force, n'est-elle bonne qu'à cela ? La mélancolie est ici la manifestation d'une résistance, une plainte qui est aussi de révolte. Car derrière la sérénade, la voix de celui qui aime est toujours une objurgation à mener une existence qui s'achemine vers son intensité maximale. En composant notre livre, avec les dessins d'Aline Zalko, ses couleurs et ses incendies, en y mettant un ordre, en y organisant des systèmes d'échos, de correspondances, en dégageant ces motifs qui sont comme des signaux sur une piste d'atterrissage, la nuit, quand le ciel ne se distingue plus du sol, nous avons ambitionné de réveiller ces puissances qui en chacun ruminent, ce sentiment qui parfois le matin nous prend à la gorge et nous fait dire, dans notre voiture ou face au miroir, les yeux mouillés et les lèvres pâlies : Bordel, ma vie n'aura-t-elle été que cela ? La certitude de l'amour fut pour nous le signe avant-coureur d'une insurrection intime. Dans cette poitrine qui déborde, nous aurons trouvé la preuve que l'existence qui nous est faite ne suffit pas, qu'il n'y a plus lieu d'être sage, que nous voulons tout, et tout de suite. Nous avons rêvé d'ouvrir grand le ciel par-dessus le toit.

Vrai, ce faisant, nous ne nous sommes pas montrés modestes. Et c'est dans cet effort de composition que la possibilité d'un poème est née, ténue et pourtant là, et qui, au-delà du récit, de la chronologie des événements, serait la tentative de rendre, par le frôlement des impressions, la profusion des détails et le chant spécial d'une langue, un peu de ce qui gronde en nous à l'épreuve du monde. Le poème, c'est lui, ce rapport équivoque et confus qui atteste l'existence de ce qui mourra. C'est toute la vérité dont notre peau est capable. C'est aussi cette déclaration de guerre : de ce monde, de cette vie, de ce temps, je veux ma terrible part. Rien n'y fera.

Ce livre, je l'ai donc conçu, avec certaines complicités, comme une machine infernale rassemblant les pièces éparses de ces émerveillements, de ces détresses, de tout le flux d'expériences et de sentiments qui m'ont traversé et ne m'appartiennent plus. S'y adjoignent les ébahissements du voyage, le cœur fendu d'être père, fils, d'être en proie aux choses. Et mettant au point ce projectile, j'ai rêvé comme à chaque fois de la lectrice ou du lecteur qui dirait : Oui, c'est bien moi, c'est bien ma peine et ma joie, mon histoire et notre affaire à tous ; voilà comme on nous accable et comme je veux exister à toute force. Ce cri qui ouvre le ciel, ce temps qu'on ne me prendra pas, ce sont les miens. Oui, partant de ce seul amour, je veux croire qu'il est possible de constituer les alliances et de forger les armes d'une bataille qui n'aurait pas de fin. Mon cœur n'est pas à moi. Ce grand désir d'être qui partout se heurte aux mêmes disciplines, aux mêmes entreprises d'asservissement, ce pouls de bête en nous qui n'a sa place dans aucun tableau et ne consent à aucun calcul, ce grand foyer d'où sourd notre puissance, voilà le bien commun par excellence. Ce livre voudrait lancer un pont entre ce battement si personnel, le soupir d'un seul et le soulèvement de nos mains. Il voudrait être ce guetteur, instruit par le souvenir et par la peau, qui toujours clame un même mot d'ordre : Ne cède rien de ta joie.

Je vais te dire, en réalité la littérature ne peut rien. Là-dessus, tout le monde ment. Et je hais son délire centenaire, ce songe asthmatique, tous ses raffinements qui fardent des cadavres, je hais ses restitutions d'embaumeurs. La vérité, c'est qu'il n'y a pas de temps retrouvé, cette lubie d'hypokhâgne, ni de résurrection possible. Tous les livres sont des nécropoles. Aucune phrase, aucune épithète ne me rendra cette nuit de Berlin, nos après-midi cachottiers, les douches de Baden ni l'accablant bonheur de ton cul entre mes mains. Nos milliers d'heures de bavardage, la gauche, la droite, ton boulot, le féminisme, mes bouquins, tes gosses et le mien, le kérosène de ces soirées à boire du vin ne brûle plus et aucun mot n'y fera rien. La littérature ne sait rien de ton mouvement, de ton rire, du duvet sur tes cuisses, figés aussitôt qu'elle les touche, et j'échangerais sans hésiter mille ans d'écrivains pour une seconde de tes yeux, pour retrouver le son de tes pieds nus sur le parquet quand tu filais vers la salle de bains, pour entendre le claquement inquiet de ta sandale sous une table de jardin. J'annulerais Homère et tout ce qui suit pour revoir ce jonc d'or à ton poignet et revivre une seule heure d'été dans le Lot et sous les toits. Regarde-moi faire des phrases, regarde comme je cherche ta peau et n'arrive qu'à empoigner des pages du dictionnaire. Regarde mes doigts qui s'évertuent à rejouer la vie et ne trouvent que cette vacance à la place qui était toi.

Autrefois, nous aurions écrit de longues lettres, nous aurions mieux trié nos souvenirs, ce que nous voulions taire ou dire. Et plus tard, nous aurions relu ces pauvres morceaux de papier, assis au bord du lit, en souriant comme des vieillards. Mais tout va vite désormais. Chaque message est un fou rire, un coup de griffe, un remords. Nous nous adressons des lames de rasoir dans l'épaisseur numérique. Elles font leur vilaine besogne égoïste. Elles disent : Pense à moi. Écoute-moi. J'existe, ne m'oublie pas. Elles disent : Je suis seul et je vais te blesser. Elles sont des rides ajoutées à nos visages, de vaines blessures. Il faudrait plus de temps. Il faudrait la mer et abolir les distances. Il faudrait oser des silences.

Il avait pris l'habitude de lui écrire ces petits mots sur Instagram. Ainsi, leur histoire avait sa vitrine. C'était une manière de surmonter les clandestinités, de se donner à soi-même, mais devant les autres, le spectacle d'une relation enviable. Leur tendresse pouvait alors se nourrir de l'approbation d'amis mis dans la confidence, de lecteurs inconnus, de passants charmés sans savoir. Chaque like prodiguait sa cargaison de plâtre et consolidait leur piètre édifice. Privé de ces vitamines, le lien entre eux se serait peut-être anémié. Lui faisait l'intéressant, elle se flattait ; le numéro était bien rodé. De toute façon, les réseaux remplissaient pour tout le monde cet emploi de faux-monnayeur. Chaque tweet avait son arrière-cour. Chaque paysage portait en lui la déception d'un hors-champ. Derrière la moindre protestation de joie, on pouvait parier sur un fond de détresse. Mais ce jour-là, il ne fit pas d'effort, il ne chercha pas à plaire. Il se contenta d'écrire : Ce soir, je serai là. Je veux tout. Prépare-toi. Le lisant, elle sourit et, peu à peu, s'impatienta.

Il devait affronter cette vérité déplaisante : elle existait quelque part, elle existait sans lui et, ailleurs, d'autres gens avaient droit à ses regards, subissaient ses pauvres jeux de mots, lui donnaient du feu et s'engueulaient avec elle. Ailleurs, elle se donnait du mal pour réussir. Elle prenait des trains et des avions. Le soir, elle tombait de fatigue et s'endormait en travers de son lit, sans même avoir pris le temps de se démaquiller. Il l'imaginait au restaurant, en voiture, il l'imaginait au supermarché et au téléphone, enjouée, ambitieuse, ravie de vivre et de mener à toute allure son entreprise de femme, à la fois mère, amante et cheffe. La distance aidant, il parait ce quotidien de mérites qu'il n'avait sans doute pas. Il supposait d'autres hommes et des préoccupations plus urgentes. Il se disait : Elle respire quelque part et je n'existe pas. Elle est heureuse et je regarde France-Pérou. Elle marche dans la rue, et les passants la voient. Le souci égoïste de cette existence menée loin de lui aiguisait sa cruauté. Par instants même, il aurait voulu la blesser, la quitter pour qu'elle sache à son tour le drame imbécile d'être seul. Et puis d'un geste, il balayait ces pensées de mendiant et lui envoyait deux ou trois mots qu'il choisissait les plus simples possibles : Quand viens-tu? Je te veux. Je pense à toi.

Il se disait : J'ai tort de l'aimer. Elle est imprenable et je reste seul, avec mes livres, mes mauvaises habitudes et l'été qui commence. Heureusement, une certaine complaisance venait à son secours. Et cette solitude, au fond, ne lui déplaisait pas tant que ça. Il s'imagina avec de vieux romans de Moravia, jaunis et cassants, allongé au bord de la piscine en plein air, tranquille, une tonne de soleil en travers de la poitrine, épiant la beauté de ces adolescents toujours neufs, et crevant petit à petit de ce mal qui ne l'avait jamais lâché. Puis ce serait septembre. Le temps aurait passé.

Les années ont passé. Plus jamais nous n'aurons trente ans, ni même quarante. Nous avons appris la peine, les rides, et tué en nous des fleurs qui ne pousseront plus. Nous ne serons plus jamais des enfants. Te souviens-tu des nuits en plein jour, des minutes volées, des disputes automatiques, de la tendresse quand même et dans le noir, ton sourire qui disait "viens" ? Est-ce qu'il t'arrive de revoir parfois le plomb effroyable du soleil sur les eaux perpétuelles de la Méditerranée, une île parfaite et les bêtes que nous étions dans l'air climatisé ? Te souviens-tu d'un dimanche et des transats sous le vieux cerisier ? Moi, j'ai tout gardé en mémoire, tes mains, ton ventre, ta bouche, ce cheveu blanc et la bouderie de tes réveils, la mer, les mots croisés de Perec, la neige, les loups, le reste. J'ai conservé le souvenir exact de tes jambes et de tes larmes, de certains mots chirurgicaux, de certains regards béant comme des portes ouvertes, et de ta main dans la mienne un matin devant la gare. J'ai mis de côté chaque détail, tes dents, l'odeur de ta nuque, tes ongles rongés, tes mégots partout, une nuit, du blanc et des fruits de mer, ta voix de grande fumeuse au bout du fil quand j'écrivais "appelle-moi", ta silhouette accroupie dans une librairie, les poignées de ton armoire, le miroir où nous osions tout entre deux soupirs. J'ai mis dans mon ventre l'immense réserve de notre histoire, les coups de poignard, nos corps en nage, les draps à tordre et nos doigts qui se trouvent, les départs en vacances, le café en vitesse, un Noël plein d'enfants et nos mots tout faits, la langue que nous avions inventée, car tout amour est une peuplade indigène, avec ses rites, sa grammaire, ses ennemis, ses sacrifices et les semailles qui referont le printemps. Et je suis plein de ces graines qui portent en elles, repliée et fragile, la possibilité d'une dernière récolte. Je tiens tout, ne t'en fais pas. Un jour, je ferai ce geste idéal et circulaire, et jetterai sur le sol éventré la semence de nos heures perdues. En attendant, je suis dans la lente patience du recommencement. Je t'attends, ruminant sans fin cette si belle douleur, ce sort infernal qui est de ne vivre que pour t'aimer.

Il n'y a pas de ville assez grande pour contenir ce matin. Le café avait pourtant le même goût que la veille. Par les fenêtres entrouvertes, les rues jouaient leur inlassable partition. Sur la nappe blanche, je comptais des miettes de pain. Il faisait chaud et mal comme dans un roman de Marguerite Duras. Et puis ton Uber est venu et c'était tout. Le reste n'est que la longue histoire du temps qui passe. Des rires et des engueulades, des douches tard dans la nuit, des yeux cernés, ton corps lourd comme une pâte, tes pieds qui cherchaient les miens. Chaque jour, nous menons nos carrières incertaines, nos vies de ficelle. Des maisons, des livres d'enfants, des dimanches gâtés par la pluie, ce million d'heures de servitude, au bureau, à la plage ou au volant. Partout, il nous faut poursuivre ce labeur, ce désordre d'appétits, de hantises et de chiffres qui nous tient lieu de civilisation. Toi comme moi, nous refaisons à longueur de temps ce monde au bord du gouffre, un sourire aux lèvres, un œil sur nos écrans. Nous sommes malgré nous de cet empire de la vitesse et des petits arrangements. Et aucune ville n'est assez grande pour contenir ce matin lucide où j'ai perdu le refuge de ton cul et retrouvé le monde désolant. Je voudrais pour finir que tu sois laide et vieille et que nous ne soyons plus que ce miroitement d'œil dans la pénombre, quand d'un murmure, tu disais "viens". Aucune ville ne peut contenir l'immensité de ton départ et le vide qui occupe maintenant ta place entre mes mains.

Ce qui nous avait fouettés si fort finalement, ce qui avait mis cette urgence d'incendie dans chaque rencontre, ce n'était ni le soleil, ni ton corps, ni cette naïveté de lecteur, l'amour, etc. C'était ce pressentiment de la fin. C'était la certitude que le temps nous était compté. Mais dans cette parenthèse, nous avions un monde à faire, de nos mains, geste à geste, une morsure après l'autre. Ensuite, il n'y aurait rien à regretter.

La vérité de ta peau, la voilà. Il n'est pas question de pierres chaudes, d'albâtre ni du ressac de la mer. La vérité, c'est ton dos collé au mur et tout de suite, tu es trempée et tu dis mords-moi, embrasse-moi, sens comme j'attends. Il est quinze heures, il fait chaud, le matin tu as fait du sport et je cherche dans ton cou l'odeur de ta sueur. Tu enlèves ton jean, ta culotte, tu débordes de salive et tu es une plaie sucrée, un fruit, un mammifère, une putain. La vérité de ton corps, c'est celle-là, le besoin d'homme et la pluie, ton sourire au moment exact, et tes mots qui font bander plus dur, nos ventres collés, ce marécage parfait de nos sexes. Mords-moi, baise-moi, ne t'arrête pas. Il faudrait que ça dure toute la vie, au moins deux heures, encore un peu je t'en prie. Tu ploies, tu tends ton cul, tu prends mes mains comme une excuse, un sursaut de tendresse qui masque mal le fond des choses : tu veux crever sous mon poids. Tu n'es qu'un appétit, une bête, et tes cheveux électrisés, nos manières de serpent, et pour finir ton grand corps accroupi dans la baignoire, tandis que tu effaces tout le bien que l'on s'est fait, sans vergogne, tu es belle et je cherche mes forces dans le lit saccagé. Un chignon, un trait de mascara. Déjà, je ne te reconnais plus. Tu as renoué avec le mensonge de la civilisation. Il ne reste qu'un peu d'ironie dans ton œil pour rappeler le désordre de tout à l'heure. Reviens bientôt. On fera pire, je te promets.

C'était un été au futur antérieur. À peine disait-on demain ou bien ce soir que ça ressemblait déjà à un souvenir. Il faisait évidemment trop chaud, et dans la petite chambre à l'étage, à l'ombre et dans le petit matin vert, je t'écoutais respirer. Tu avais trop fumé la veille. Je le devinais au sifflement dans ta poitrine, dont il ne fallait pas parler. Sur la table de nuit, un livre de Bernanos prenait la poussière, un verre d'eau signalait d'un tremblement des pas dans le couloir. Par terre, tes talons renversés. Dans le poudroiement de lumière, des mouvements me rappelaient d'autres chambres, la Grèce, le Sud, ces pays d'enfance, des siestes de mauvais gré. Soudain, tu remuais un peu, découvrais ton dos où le drap avait laissé des hachures. Je posais un doigt sur ton omoplate. Ta hanche toute proche, ta peau de femme comme une écriture. Tu feignais le sommeil, les yeux clos, les reins que tu creusais. Nous n'avions même pas nos vêtements à ôter.

À cette terrasse, elle semblait heureuse. En passant, il songea qu'elle menait en dehors de lui une existence qui avait de faux airs de printemps. Il poursuivit son chemin, les mains dans les poches. Il allait s'occuper maintenant de cette blessure minuscule, délicieuse, ce vague à l'âme de chanson italienne. Presque rien. Il les ferait durer. Être ridicule n'était plus un problème. Il avait tout son temps.

Ne bouge pas, laisse-moi te raconter. Cette nuit, l'été est mort et sous un préau, j'entends le ciel qui tombe. Une cigarette, un café, la pluie est lourde comme une huile que le vent gauchit. Le soleil interminable a cédé au tambour des nuages, qui passent, qui passent, dans l'air supérieur où crient des oiseaux noirs. La terre est chiche, tu sais, inodore. Son avarice est grosse d'humeurs accumulées. On l'entend presque qui gronde mieux que l'orage, ressassant les rayons qui pendant des mois l'ont foudroyée. Mais elle tient bon, espère sous l'onde qui vient l'ouvrir et la voler. Sous l'abri, il n'y a plus que des recoins, des embrasures, des corps qui penchent, et le dessin pâle de leur fumée qui s'en va là où tu es. Le mistral n'aime pas les lignes droites. Il tire l'ombre, le feuillage, les arbres sont à la peine, les oliviers voudraient migrer. Et c'est tout le parc qui regimbe sous son règne d'habitué. Au sec, je dresse pour toi cet inventaire des nuées. J'assure la veille dès six heures, à ton chevet. Je te sais là, quelque part, confite, enclose, une chatte ronronne mon murmure à tes côtés. Je lève les yeux, déjà le ciel s'est changé. Trois mêmes nuances, du bleu partout, je pense à toi, c'est mon métier.

Parfois, je me réveille, je constate le vide à côté de moi et je pense à toi, précise dans ta cuisine. Le lait chaud, les tartines, France Inter, tes pieds nus sur le sol froid, tes cheveux vite noués, les enfants qui boivent leur chocolat. Je t'imagine rapide comme un colibri, chaque chose à sa place, un monde à refaire à l'aube, l'école et les informations, tu as déjà envie de fumer et tu regardes le jour qui se forme, le vaste ciel recommencé, en buvant ton café. Ta moue de sept heures, cet appétit d'exister qui est déjà là. Un petit garçon déchiffre la boîte de céréales. Les chamailleries pour de faux. Il faut se presser, la salle de bains prise d'assaut, les petits mal fagotés, et toi toujours pareille, heureuse, coriace, l'inverse d'une mère poule, et les mioches qui se débrouillent, un jour ils seront loin et tu auras réussi. Parfois je songe à ce grand bonheur de vivre qui ne te quitte pas et je me dis que tu es peut-être le grand matin de ma vie.

Et j'aime jusqu'à ton hostilité, la distance sourde que tu mets entre nous, tes sarcasmes et cette indifférence de façade quand je te raconte mes maigres exploits, mes triomphes d'enfant. Tu souris, lointaine, tu me laisses dire. Quand je veux emménager dans tes pensées, je trouve porte close. Tu n'es jamais dupe, jamais conquise. Avec toi, le repos n'existe pas, tu es une bastille, une garce, une poussée de fièvre. Et j'aime ton cœur apparemment sec, ton dédain factice, tes regards qui me renvoient en pleine mer et ce front de bois où butent mes lèvres. Oui, j'aime ta défiance et ta main qui me fuit, ton pas qui s'accélère. J'aime tes détours, tes violences, le venin de tes jugements, quand tu m'écris "connard", et aussitôt après "j'arrive". J'aime tout ce mensonge de tes refus qui ne murmurent qu'une chose à mon oreille, par défaut et dans le silence : laisse-moi, je crains de t'aimer.

Il est là, ce grand matin dont nous avions tant parlé. Et ce n'est pas une révolution, l'adultère, vivre vite et s'enchaîner l'un à l'autre deux heures occultes avant de retrouver le fleuve des voitures et des équations sans inconnues. Le grand matin, c'est ça, ce beurre qu'on étale sur une tartine qu'on ne mangera pas, l'odeur du K2r au petit matin, dix allers-retours dans l'escalier, une douche brûlante et tes cheveux mouillés, l'amour endormi, le cœur soucieux, un pli entre les sourcils, tes yeux, mon Dieu tes yeux sans l'ombre d'un nuage, qui ont quinze, trente et mille ans, qui brillent de ce même reflet carré qu'on voit dans les selfies. Le grand matin, c'est l'anonymat des jours, cette chemise que tu me voles, les kilos sur la balance, la plume dans la poitrine, les mots doux qu'on ne retient plus, enfin, qui se susurrent à tout bout de champ, cherchent sous les draps un écho qui leur dira oui je suis à toi, prends patience, nous avons tout le temps du monde, rien ne finira. Mon grand matin, c'est toi, ma fumeuse, ma juive, mon puma, mère subtile, mon cœur, le royaume de tes bras.

Écoute-moi. Demain, nous serons vieux et lents. Il y aura tes enfants et tes dossiers, tes lessives et les gens au bout du fil, des lois et des embouteillages, le brouhaha du dîner et le trop-plein de tes journées. Demain, tu seras loin et chacun dans notre coin, nous devrons faire bonne figure. Demain, il faudra à nouveau respirer, gagner de l'argent et remplir le frigo, aller chercher les petits à l'école et lire des journaux, rire encore et vieillir aussi, peu à peu, inévitablement. Ce métier de vivre, nous le ferons du mieux possible, toi et moi, l'un sans l'autre, et le temps sera toujours plus épais entre nous. Et nous finirons par ne plus savoir ce que fait l'autre, où il se trouve et s'il pense à nous. Ne dis rien. Écoute-moi. Nous existerons malgré cela, la distance et puis l'oubli. Ce sort-là, nous allons le connaître et il ne nous fera même pas si mal, c'est encore le pire. Mais tu dois savoir qu'aujourd'hui, à cette terrasse et dans le gris, je t'ai trouvée belle à crever. J'ai pris mon temps et je t'ai regardée comme une dernière fois. J'ai pris tes rides, le trait noir au coin de l'œil, ta peau, le grain de beauté dans ton cou, un cheveu blanc, ta bouche rose et moelleuse comme du bubble-gum, les ongles cassés, la bague en argent, la paille avec laquelle tu t'es nettoyé les dents. J'ai tout regardé avec une patience de bête. J'ai tout écrit dans mon ventre qui me faisait mal et cette minute-là, demain ne pourra rien contre elle. Je ne te ferai pas cet aveu ridicule, ces trois mots qu'on se dit tard, au lit et dans le noir. Tu ne l'as pas su et un jour nous serons vieux et lents, et bientôt morts. Mais cet instant-là fut le nôtre. Tu trouvais mon regard stupide et fixe. Je faisais provision de toi. Je t'emportais en détail. Je goûtais cette plaie qui est de te savoir perdue d'avance.

Il n'y a pas de quoi être heureux et ça m'est égal. Laissons à d'autres ce fardeau du bonheur. Notre part à nous relève de la pénombre, des chambres d'hôtels et des après-midi aux rideaux tirés. Faute du reste, nous avons les regards en coin et les complicités sous-marines, les îles en terrasse, et les autoroutes pour refaire le monde, ta main sur ma nuque, à cent trente kilomètres-heure.

Nous n'aurons pas de projets, pas d'escales, que nos doigts et nos lèvres. Il faudra faire avec, le temps que ça pourra. Nous n'aurons pas d'enfants, pas de dimanches. Que nos pensées arrimées, nos messages précis, je suis là, je pense à toi, que fais-tu, tu me manques, écris-moi. Nous ne ferons rien de cette histoire, nous ne ferons pas d'emprunts, pas de repas de famille, pas d'albums de photos. Tout sera perdu au bout du compte. Il ne restera rien de nos insomnies, des draps froissés et du bruit mat de tes pieds nus dans le couloir qui mène à la salle de bains. Un jour, simplement, je retrouverai un élastique et deux barrettes. Ce sera tout. En attendant, il n'y a rien à faire qu'aimer.

Voilà. À nouveau la vie des trains, des hôtels, des mille visages sans bouches et des routes à travers l'Hexagone. Chaque soir, tu retrouves les draps blancs, les serviettes propres et la télé qui ne s'allume jamais du premier coup. Et chaque matin les mêmes hommes en chemises claires qui sentent le gel douche et prennent leur café, les femmes sérieuses qui choisissent leur yaourt, un fruit, hésitent devant les viennoiseries. Un écran diffuse déjà et en hauteur son interminable lot de scandales interminablement débattus. Tout à l'heure, il y aura une autre gare, les yeux d'une fille par-dessus son masque, cette dame avec ses valises trop lourdes et le voyageur qui sifflote et sent la transpiration, ton frère. À nouveau cette existence des allers-retours et des stations trop brèves, des questions répétées et des façades entraperçues. À chaque fois, il y a quelque part un fleuve, un océan ou une église que je ne verrai pas. Je n'ai pas le temps, je n'ai pas le courage, je suis en retard. Qu'importe. C'est le temps brûlant des rencontres sans cesse, des gens qui te parlent, d'eux, du livre, de leur vie, des mots qu'ils se cherchent. Je les retrouve chaque soir et j'oublie alors la fatigue et les redites. Car tout recommence, il n'y a que des premières fois et puis de temps en temps, au détour d'une signature, cette voix si basse que j'attends depuis l'enfance et qui me dit merde c'est exactement ça, continuez, merci, pour nous aussi c'est la guerre. Alors viennent la nuit et le vin, les libraires et les brasseries pleines d'éclats de voix. Demain, je te promets, je serai sage, je me reposerai. Je relâche mes épaules. C'est le grand tour avec ces mêmes chansons à trois cent cinquante kilomètres-heure, vie des TGV et des jambon-beurre, des champs à perte de vue et des provinces toujours recommencées, des coups de fil vite fait et des agendas qui débordent. Je me hâte, courbé, las et ravi, la mort n'est pas pour tout de suite. Quelque chose arrive qui n'était pas prévu. Ce grand pays confit de ruses et de colères et qu'il faut bien aimer malgré tout.

Les villes ont des figures d'agenda. De la salle de bains au bureau, du Leclerc à la fête de l'école, elles dressent leurs listes et nous rationnent. Chaque matin, ce sont les mêmes transhumances. Tous les soirs, le retour chez soi, las, sale, sans force et sans goût pour cette vie que d'autres organisent, où nous faisons nos trajets d'aveugles, avec en tête cette question lamentable : Est-ce tout ? Et puis un jour, tu viens, ta nuque, ton profil, un chignon et nous cessons pour quelques heures nos imbéciles rotations de statistiques. Dans les agendas, nous laissons maintenant des blancs, des énigmes, des messages sans réponse, des rendez-vous qui ne seront jamais honorés. Et cette ville devient alors un repère. Nous la semons de chambres fermées, de caches, d'après-midi intouchables. Nous leur reprenons ce temps qu'ils nous volent. Nous arrachons à leurs mains ces forces que nous consacrons désormais l'un à l'autre, à suer et nous battre, quand, dans ce lit de passage, nous nous retrouvons enfin pour nous mordre.

Dans chaque ville, une chambre t'attend. C'est là que pour une nuit tu déposeras ton bagage et ta lassitude. À chaque fois, tu y trouves un néon, une moquette éteinte, des draps propres et un gobelet scellé dans un petit sachet de plastique. À chaque fois, tu observes la même inquiétude hygiénique, le même souci de confort optimisé et cette hideur impersonnelle des décors sans propriétaire. Tu ouvres ta valise, un livre et ton ordinateur. C'est chez toi et c'est nulle part, pour une nuit, un après-midi allongé, un peu de sommeil en hachures entre deux gares. À travers la paroi toujours trop mince, tu entends le rire d'une touriste américaine, ou la voix fictive d'un journal télévisé. Au petit-déjeuner, tu trouveras le même café, le jus de fruit synthétique, du jambon et des œufs frais, des commerciaux en chemises claires qui sentent bon le gel douche et le cheveu mouillé, ou un énième couple de retraités qui visite enfin cette Europe qu'ils s'étaient promise de longue date. Dans chaque ville, il y a des trains, des carrefours giratoires, des urgences, des points de croissance à grappiller, des feux qui passent au vert, la hâte fébrile des mères de famille, les lumières précoces d'un Noël anticipé, et ta chambre bien sûr, qui t'attend, calme et propre, comme une île creuse, un havre démodé. On y a laissé pour toi une bouilloire, le câble, le satellite et Canal, trois serviettes de bain blanches, l'eau chaude qui tarde à couler, programme mécanique de tes journées qui finissent. Bien sûr, tu voudrais te coucher tôt, et dormir huit heures, mais quelque chose s'oppose à ce projet de chaque jour. Quelque chose te mord, une inquiétude à laquelle tu ne peux pas donner de nom. Alors tu fixes un point dans l'espace qui n'est plus la solitude et tu laisses venir ce moment où la fatigue sera si lourde que tu ne pourras plus la porter.

On trouvait dans chaque rue de cette ville, et plus largement dans tout le pays, des petits rades sans prétention dont il aurait fallu faire l'histoire. Leur programme de zinc et de formica était simple, leur public bien connu. Chaque jour, ils offraient à une poignée d'hommes seuls, ruinés de travail ou mal mariés, le réconfort immédiat de leurs alcools jaunes. Les habitués, qu'on appelait par leur prénom, venaient là pour vider des demis de Stella, des Ricard et des Suze, faire passer l'amertume vague d'un lundi à petits coups de blanc. Avec cet or sans façon, ils se payaient de leurs efforts, rémunéraient excessivement le mal qu'ils s'étaient donné à vivre encore. Mais le petit peuple des poivrots n'avait pas l'exclusivité de ces refuges sous licence. Entre le flipper et le chiotte turc, on pouvait aussi trouver des salariés aux yeux cernés qui prenaient des cafés politiques, des filles éclatantes révisant leurs cours à l'ombre d'un diabolo, ou deux touristes qui espéraient en anglais un sandwich à la rosette. Parfois même, un cavalier King Charles tirant la langue sur le sol de mosaïque. Du matin jusqu'à tard, le grand miroir Cinzano reflétait les mêmes processions de consommateurs, hagards ou rieurs, se désaltérant sans fin tandis que le patron administrait avec mansuétude ses sujets de passage. Dans les grandes cités efficaces, les villages désertés, sous l'écrasement des tours de trente étages, ces antres faisaient souvent figure de dernier rempart.

Il demeurait là, au comptoir, dans la nuit, un peu de temps disponible, des miettes d'humanité que la grande machine à réaliser des richesses avait négligées. Mais ces bulles se payaient au prix fort. Il fallait pour les maintenir à flot le sacrifice de milliers d'ivrognes qui donnaient de leur vie pour assurer leur prospérité relative. Qui ferait cette histoire de soif et de ruine, le récit national des insomnies et des cervelles brûlées d'alcool ? En attendant, arrimés à leur verre, des hommes au regard flou continuaient de boire, inlassables et émouvants, chair à canon de cette guerre que font au monde les débits de boissons.

Personne ne voyage en réalité, ou à peu près. Ce terme, voyager, on l'accole partout, par paresse, commodité, pour se payer de mots, comme toujours, mais ce ne sont jamais que des vacances, des épisodes en extérieur, le dépaysement monnayable des *tour operators*, ou pire encore, l'absurde hâte des déplacements professionnels. Sinon quoi ? On vérifie quelque part l'idée d'une ville, d'un paysage, on refait avec ses pieds le film qu'on s'est inventé avec des livres, on arrive ailleurs pour oublier qu'on vient de quelque part. Voyager, ce serait forcément autre chose.

Un moment à la jonction de la distance et de la mort. La possibilité d'une disparition. En tout cas, ce qui existe ce sont les villes. Je les ai vues, leur orgueil, leurs solitudes toujours nouvelles, leur engorgement catastrophique. À Séoul, Oslo ou Vienne, les mêmes trottoirs, les mêmes tentatives verticales, le même empilement de palais et de gratte-ciel et le plaisir de se dire personne ne me connaît, je peux me perdre, il y a partout des vies incomparables, un fourmillement d'habitudes, une langueur dans la marche qui ne sera jamais de l'ennui et un million de manières d'habiter le temps, son corps et la terre. À chaque fois, cette délectation quand tu entres dans un bar, un restaurant, exercer cet isolement cerné de visages qui ressemble tellement à la liberté. Tu prends une bière, tu écoutes leurs mots opaques, tu penses au coup de fil que tu donneras plus tard. Tu es bien. Les autres sont des autres pour de bon, ils rient sans toi, leurs programmes télé ne te regardent pas, la réalité rejoint ta faiblesse : tu es devenu ce voyeur idéal qui n'a même pas besoin d'écrire. Alors tu peux enfin te reposer et penser avec une tendresse presque insupportable à cette femme qui est restée là-bas. Tu l'appelleras tout à l'heure. Tu lui raconteras tout et elle fera semblant de te croire. Tu lui diras avec aplomb : Tu sais, personne ne voyage en réalité.

Hier soir tu étais là, au bout du fil. Et sur un banc j'écoutais nos silences, seul dans le noir, si bien de ta fausse présence. J'écoutais nos silences et j'entendais ton sourire, ta cigarette qui par intermittence trouait une nuit qui n'était pas la mienne. J'écoutais ta voix, tes hanches, j'écoutais ta nuque et tes mains, et la laine sur ta peau, le crépitement du tabac, j'écoutais ton sang qui du cœur à la tête va si fort et dont tout dépend. Il faisait bon ici, et le ciel couvert n'offrait pas la moindre prise. Alors je te disais des mots possibles, des aveux, des bêtises. Mais surtout, j'écoutais le souffle entre chaque parole, ce qui n'est pas dit, le secret qui vient du ventre, ce mystère entre nous qui grandit. Tu sais, le globe terrestre tient tout entier dans les mailles de nos désirs, ce filet que tissent les gens en s'appelant d'un bout à l'autre du monde, de Hong Kong à Sydney, de Bar-le-Duc à Épinay. La terre tout entière est prise dans cette immense résille de leurs voix, de leurs engueulades et de leurs solitudes. Et dans ce fatras des hémisphères, hier soir, il y avait nous, infimes, avec nos histoires, nos blessures et la mince ligne en pointillé qui nous tenaient. Si peu de choses. Un homme, une femme, deux corps à mille kilomètres de distance qui voudraient des mains et n'ont que des mots. Qui voudraient se dire tout bas, à l'oreille, des choses qui font du duvet, des mots d'adolescents, qui font croire qu'on ne mourra plus. Mais il se faisait tard, une petite voix appelait. Elle avait faim et je t'aimais.

Aujourd'hui, tu es malade et je suis loin. J'aurais aimé pourtant te faire des tisanes, monter des plateaux dans l'escalier qui craque, rester près de toi en lisant un livre, donner mes heures à cette longue veille de ton corps qui brûle sous la couette. J'aurais pressé des oranges, aéré la pièce, fait des coquillettes pour les petits. Je serais allé à la pharmacie et j'aurais posé ma main sur ton front pour le plaisir de sentir ta chaleur, le tropique de ta peau qui fut mon grand voyage, ma seule Polynésie. Puis je me serais étendu près de toi, tout habillé, pour te regarder dormir et tousser. Nous aurions parlé à voix basse, le regard dans le regard : Fais gaffe, tu vas te faire contaminer. Je m'en fous, embrasse-moi, je préfère crever. Tu aurais ri malgré la toux, et pris ma main sur le coton clair et froissé. En secret, j'aurais voulu que la maladie se prolonge, pour m'occuper de toi encore un peu, et des enfants, donner ma force et puis mes jours, accomplir l'exploit de m'oublier dans le souci de ton chevet, prendre ta fièvre comme cette chance de n'être qu'à toi une heure de plus. J'aurais dormi la nuit tout près dans l'étuve de tes draps, et brûlé fort, comme cette autre nuit, tu te souviens, la noce que nous avions fuie pour retrouver l'hôtel et faire flamber deux heures de plein midi. J'aurais écouté ton souffle court, ta poitrine encombrée, regardé tes cheveux ruinés de fièvre, tes yeux cernés et une fois certain de te savoir endormie, j'aurais touché ta joue, ton cou, du bout du doigt et respiré sur ta peau l'odeur aiguë de la maladie. Je t'aurais prise alors contre moi, comme au sortir du haut-fourneau on se saisit de la coulée, me perdant pour de bon dans le bain de ton corps et ses dix mille degrés.

Depuis des semaines, des mois même, j'ai vu chaque aurore, tous les matins, et contemplé cent fois la lente pâleur qui monte de terre pour tuer la nuit. Tu sais, il existe tout un peuple des petits matins, éboueurs, salariés aux yeux lourds, infirmières empressées, taxis en bout de course, silhouettes de bistrot et les chatons qui jouent dans le parc. Nous habitons tous ce moment intercalaire, ce lieu équivoque aux couleurs de fusain où s'achève l'insomnie. Mais ce n'est plus un moment pour nous, c'est un pays. Un pays sans passeport, fugitif et grave, où l'on est seul enfin, calme et sans plus de compte à rebours. C'est le lieu d'où je te devine, mon cœur, ta première cigarette, culotte, t-shirt et les pieds nus, les yeux à peine ouverts et ta bouche de canard quand tu t'éveilles, les enfants qui dégringolent dans les escaliers, les infos à la radio, les consignes qui pleuvent, n'oublie pas ta flûte, fais-moi signer ton carnet, habille-toi, combien de fois faudra-t-il te le dire, allez bisous, passez une bonne journée. Je vois tout, tu sais, comment tu choisis tes vêtements, ce mouvement gracieux pour attacher tes cheveux, le lourd balancement de tes hanches moulées dans un jean, déjà tu as trop chaud, et la journée n'a même pas commencé. Je te regarde de si loin et te connais de tellement près. Je peux sentir l'odeur du café, celle de tes cheveux, et l'autre, la plus secrète qui était ma vie et qu'autrefois je respirais. Je vois tes mains, la tasse, tes lèvres sur le rebord, tes longs cils derrière tes lunettes, ta lourde paresse de commencement, et comme tu t'étires en bâillant. Mais le soleil est déjà trop haut, le monde s'allume et il faut rejoindre la troupe, son bêlement, la vie sans toi, ce train-train vide à mourir où ton cul n'est pas. Tu sais, c'est sans importance. Demain, je serai encore au rendez-vous, toujours à l'heure. Je verrai une fois de plus la nuit crever de lumière et j'irai me poster au même endroit, refaire ce même rêve où je suis près de toi. Car rien n'existe, sinon l'absence de tes pas.

Depuis que je vis dans des trains, des gares, des hôtels, nous avons contracté cette manie des coups de fil expéditifs. Un message, “appelle-moi”, et puis c’est ta voix, et la mauvaise humeur où je cache le bonheur de t’entendre. Tu ris de cette pudeur, à chaque fois, comme de la bêtise d’un enfant. Ce sont alors les mots doux, à deux syllabes, des mots ridicules que ta voix lourde, rocailleuse et femelle prononce à l’autre bout, loin là-bas où tu mènes tes affaires, du matin au soir, sans moi. Je ne t’imagine pas. Je me baigne seulement dans ta voix. J’ai trop bu la veille. Je te dis ma fatigue, mes petits succès, ce qui me fait peur et me ravit, le reste, la famille, les gens, le trop-plein et tout cela t’amuse. Regarde-nous. Chacun dans une ville, nous sommes entourés et seuls. Nous avons maintenant des souvenirs et des blessures. Nous avons des petits-déjeuners, des nuits de sommeil côte à côte, des bords de l’eau, des larmes et des verres de trop. Toute une vie volée, mille minutes clandestines qui sont notre pauvre curriculum. Regarde-nous. Comme nous allons bien.

Il y a des gens qui savent. Ils savent louer de grandes maisons en bord de mer pour une bouchée de pain, ils ont des trucs pour éviter les bouchons et choisir un bon matelas, du bourgogne ou un itinéraire plus rapide à travers cette ville qui est la leur. Ils savent boire et faire du ski, avoir des maîtresses, grimper les échelons, passer des coups de fil pour prendre des nouvelles et organiser ces longues tables autour desquelles s'épuisent des amitiés de vingt ans, et puis l'on se tape dans le dos, rentrez bien, on remettra ça. Ils savent vivre, ils en profitent, on les reconnaît à leurs gestes, des sourires, leurs maisons où courent des enfants. Plus tard, à la fin, ils laisseront des souvenirs, des clefs dans des tiroirs, des disques durs pleins de photos, un sanglot sur un visage de femme. Moi je ne sais rien, sauf que je t'ai perdue un jour de grand soleil. Tu criais dans une pièce blanche. Je pensais aux voisins, au scandale. Je voulais que tu te taises. Même là, je te trouvais belle. Je songeais à ceux qui savent et à la distance entre nous. Je voyais encore chaque ride, chaque détail, tes imperfections avec un plaisir d'amant. Je voyais ta longue robe et dedans la forme faite pour mes mains, je voyais tes semelles plates, tes yeux qui suppliaient, cette bouderie qui ne quitte jamais ta bouche et d'un mot, je nous ai tués. Je ne sais toujours rien, même pas le regret. Le monde est un vaste spectacle où tu t'en vas. Je ne t'attends plus. Comme après un tremblement de terre, je redoute les répliques, la suite, la famine, les chiens errants et dans les décombres, les restes déchiquetés du bonheur que j'avais presque connu avec toi.

À l'orée des grands incendies, nous aurons au moins eu ça, la bière, le sel et la pénombre d'une chambre où l'on marche pieds nus, nos veilles aux yeux plissés et le petit matin à trente-deux degrés déjà, les draps qui claquent dans le vent dehors et le bleu de la mer, nos engueulades et la catastrophe de tes reins. C'est assez de souvenirs pour dix romans et nos deux vies.

Voilà. Je t'écris de l'endroit où tu n'es plus, et si j'ai parfois encore un peu mal, ce n'est plus par ta faute. Il nous reste quoi désormais, nos médicaments, des souvenirs, des photos endormies dans un téléphone, des reproches et quelques mots qui sont comme ces vieilles hallebardes dans les musées, incapables de meurtre, ferraille de nos amours qui ne blessent plus? Certains matins, tout de même, je me réveille le cœur pris dans un étau, du grillage plein la poitrine, tout le poids du monde précis sur un organe. Je souffre, tant mieux, tout n'a pas disparu dans le flou des vitesses ferroviaires et des recommencements de l'altimètre. C'est ton souvenir qui tenaille, nos restes, un peu de douleur purement chimique, l'Effexor s'en va et mord en nous quittant. Les molécules sont plus fidèles que nous, tu vois. Cette peine, je la goûte du bout de la langue. C'est encore toi, qui disparais. Alors les cachets, les voyages, trop boire et repartir, refaire la vie dans des trains, vite, des aéroports, repeindre par-dessus toi à coup de Campari, de vin et de paysages, jusqu'en finir, la psy au téléphone, je vais mieux, je guéris, tout cela ne nous aura même pas tués en fin de compte, et t'en vouloir n'est plus qu'un jeu. J'ai de nouveau faim, envie de voir des gens et ne pas danser, et même, pire tristesse, envie de lire les journaux, comme si le monde existait. La vie repart, tu vois, en dehors du cercle blanc qui sur la terre était notre pays. Mais nos enfants, nos étés, nos confidences, ces serments, la jalousie, l'enfer ouaté de ces cinq années épelées en morse à travers la nuit, et le rêve éveillé de nos disputes, ton cul, la mer, le reste ? Alors quoi ? C'est fini. Soyons fiers au moins, refusons la paix et ce ridicule du temps qui aura tout aplani. Alors je vais planter chaque mot comme un clou et me saouler de cette force contre toi. Que demeure pour finir la beauté d'un geste d'assassin.

Quelque chose dans les événements semble chercher en nous ce qu'il y a de plus précieux pour le réduire, l'organiser, le faire passer de l'intime au monnayable. Ce temps qu'on veut nous prendre pour équilibrer des comptes, satisfaire des créanciers, rassurer les marchés et complaire à l'ego d'un homme qui se sent d'autant plus juste qu'il a raison contre tous, ce temps-là, c'est celui du dimanche et de la pluie, des bals et des guinguettes, des mélancolies vaines, des chansons tristes, des enfants endormis sur nos genoux, des couples qui se tiennent la main, le temps du cours de l'eau et des passants qu'on regarde depuis la terrasse d'un café, le temps passable où peut-être nous n'avons plus rien à faire, que respirer et écouter les bruits d'un jardin. Ce temps n'est pas seulement celui de la retraite ou des loisirs. Il est le moment de la vacance, temps suspendu où soudain nous levons le nez du guidon, ému, conscient de ce qui passe, de ce qui reste, temps du passé simple, de l'imparfait, du futur antérieur, conjugaisons de la profondeur, de la fugacité et des permanences, paresse profonde qui fait germer ces pensées auxquelles la performance fait constamment la chasse, et qui sont comme de petites voix sombres : Écoute, tu n'as pas l'éternité pour toi, il te faut vivre et aimer tout de suite, ne te laisse pas dépouiller de ta maigre durée, ne deviens pas cette pure machine occupée à la richesse des autres. Cabre-toi. Il n'y a pas d'après. Aucun calcul ne justifie que tu cèdes encore sur l'essentiel. Oppose ton désir à la cadence. Désespère la volonté qui courbe ton dos. Sois sûr qu'un lit t'attend tout au bout et que tu y seras seul pour faire le décompte de ta joie. Ne laisse pas l'ogre des ordres d'ensemble et des grandeurs générales te convaincre de céder une autre seconde que tu aurais pu consacrer au libre exercice de ta force. Ne te rends pas. Tu as trop donné de ta vie déjà.

À quinze ans, on tombe amoureux comme un con, d'une collégienne qui s'appelle Séverine ou Angélique. Pendant deux mois, on ne touche plus terre. Cette fille-là nous remplit tout entier. Il faut dire qu'on n'est pas bien grand et l'amour est une chose si vaste. On lui fait des dessins le soir dans sa chambre, on enregistre des trucs à la radio pour composer des playlists, on y pense tout le temps, on devient nul en maths et en allemand. La vie vient de débuter sur une blessure. On la cherchera mille fois encore avant de se rendre compte. À trente ans, l'amour est sévère. Il a des exigences, un programme, il ne laisse plus beaucoup de place à ceux qui s'aiment. Il faut se dénicher un appart avec deux chambres, prévoir l'avenir et économiser pour les vacances, descendre la poubelle et transiger sur tout, le programme télé, tes parents ou les miens, quelle moitié du lit et puis un jour cette forme grise qui palpite sur un écran, chez le gynéco. On ne se croyait pas capable de ça, inventer une personne, regarder son cœur et sa tête minuscule, compter ses doigts, un deux trois quatre cinq, et sentir sa gorge se serrer. Il faut désapprendre la légèreté. Quelque chose de plus important que nous vient d'arriver. Il faudra lui donner nos veilles et nos grasses matinées, apprendre qu'aimer si fort est encore une douleur, une angoisse qui ne finit pas. Et puis un jour, aimer à quarante ans. Regarde-nous avec nos cernes qui ne s'effacent plus, nos premiers cheveux gris, nos intrépidités d'amants. Le jeu nous est connu à présent. Nous sommes sans illusion et toujours aussi bêtes. Nous nous regardons tard le soir et nous savons qu'être deux est une bataille. Nous la menons toi et moi, inquiets comme des bêtes l'hiver, sérieux dans le plaisir, enfin capables de rire de ce que nous sommes. Nous connaissons la musique. Bientôt nos enfants auront quinze ans eux aussi. Souhaitons-leur d'avoir mal pareil et d'ignorer à leur tour qu'un beau jour, vivre s'achève.

Au début, tout est facile. Le grand numéro de charme, le régal des premières fois, les silences au restaurant, la marque des draps sur la peau, les nuits bavardes et des idées d'Italie, de Grèce, Bruxelles et jusqu'en Écosse s'il le faut. On vient se chercher à la gare. On s'offre des plateaux de fruits de mer. Il faut s'inventer une langue, s'accorder sur les couleurs, les définitions, ne laisse pas traîner ton sac, ferme le tube de dentifrice, tu ne devrais pas parler de ta mère comme ça. Tout est facile, et mensonger. Puis viennent ces journées comme des crevasses. Un enfant qu'il faut emmener aux urgences. Un père qui a perdu la tête. Les risques du métier, ces concurrences partout, les fois où tu découches, les autres corps, les loupés, les anniversaires qui ressemblent à des fins du monde. Alors, tout est difficile et c'est là seulement que je comprends le sens de tes yeux. Nos histoires ne sont pas des parties de campagne. Les années seront lourdes de problèmes, de tapisseries à refaire et de nos enfants à finir. La voilà la vérité : le repos n'existe pas. Mais ce qui compte à la fin, c'est ta main, comme lorsque nous étions petits, qui trouve la mienne dans le noir d'une cave, dans un couloir que la minuterie ne nous a pas permis de traverser jusqu'au bout, c'est ta peau qui dit tout simplement : Je suis là.

Ce qu'il faudrait dire aux enfants, pour commencer, c'est que l'amour est un jeu de patience. Là-dessus, il se raconte trop d'histoires et presque tout le monde ment. Les films bien sûr et les romans, encore pire, avec leurs couvertures blanches, leurs mines nettes, tous ces pronoms personnels lourds de sens. Moi je ne crois plus à leurs légendes dorées, la foudre et la vitesse, l'aiguille toujours dans le rouge, le cœur à cent à l'heure, la vie pied au plancher. Je ne crois plus aux sensations fortes, à l'ivresse du début, mal au ventre et les mains moites. Tout cela, c'est le folklore, du dépaysement facile, du tourisme en somme. Ce qu'il y a en vérité, c'est l'étirement des jours, des brosses à dents côte à côte, une pantoufle sous un lit, du courrier en retard, une liste de courses sur un frigo, des cartables ouverts, le plombier qui nous matraque, ton père qui ne répond plus au téléphone, et dans le noir, tard le soir, deux voix qui se réchauffent, on les entend à peine, qui se disent des choses simples, sans relief, il n'y a plus de pain pour le petit-déj', je vais chez l'ostéo demain, approche-toi, j'ai froid aux pieds, viens contre moi, il faut rendre la mort impossible et devenir très vieux, très lentement, regarder le passage du temps à l'angle de tes yeux, compter les dents de lait, les cicatrices au menton, se dire tout bas, tu sais, j'ai peur quand tu n'es pas là. Mais justement, je suis là.

Comme chaque été, et malgré les masques, les luttes et la fin du monde, il reste des jeunes gens pour s'aimer à l'abri des regards. D'un balcon, on les épie avec un rien de mélancolie, songeant à ce que nous avons été, à ce qu'ils deviendront, au monde restreint où se déploient leurs possibilités immenses. Ils n'ont pas d'argent, aucun bijou, même pas une mobylette. Rien qu'un mur pour s'adosser, leurs vêtements, un nœud minuscule où la vérité et le désir se mêlent sans pitié. Hier, en quittant la piscine découverte qui sera bientôt détruite, j'ai trouvé sur le parking un garçon et une fille qui se parlaient. Il faisait encore très chaud et on avait du mal à croire qu'il était déjà dix-sept heures. Il n'y avait qu'eux sur ce parking, et moi, la chaleur et les voitures qui attendaient. Tout de suite, à cette sorte de malaise, de suspension dans leur attitude, d'air de starting-blocks, j'ai compris que c'était ce moment précis. Celui qui décide de tout votre été. Le garçon était plus grand, presque roux, un bon nageur sans doute, avec des épaules larges, un buste plat, et il portait une marinière à manches courtes. La fille avait des cheveux blonds naturels coupés au carré, des Stan Smith rouges presque neuves, des jambes parfaites et, dans son dos que laissait voir un petit haut ajouré, son maillot avait dessiné des lignes précises et pâles sur sa peau bronzée.

On aurait dit le passage de longs-courriers sur un ciel de caramel. J'ai regagné ma voiture. Ils ne m'ont pas vu. C'était leur moment. Une seconde plus tard, ils s'embrassaient. Un baiser, évidemment leur premier, août battait son plein, les mains qui cherchent les cheveux, les yeux fermés, elle sur la pointe des pieds. Je suis monté dans ma caisse brûlante. Sur le tableau de bord, l'écran digital indiquait trente-cinq degrés. Ce nouveau monde serait celui des tempêtes, des peuples jetés à la mer et des canicules interminables. Une main passée derrière l'appuie-tête du siège passager, j'ai fait ma manœuvre. Le garçon et la fille s'embrassaient toujours. Demain viendrait. Ils avaient seuls le pouvoir de s'en foutre éperdument.

On voit parfois le samedi soir monter dans un TER une jeune fille juchée sur des hauts talons. Elle porte une robe, des paillettes sur les joues et ses paupières ont déjà les couleurs de la nuit. Parfois, elles sont plusieurs, des gamines de la cambrousse, qui attendent des trains dans des gares qui existent à peine, qui mâchent leur chewing-gum en piaffant, parlent haut, leurs écouteurs dans les oreilles, une veste en jean, un décolleté ou les bras nus, les yeux rivés à des téléphones où elles pianotent sans cesse des messages qui n'ont pas de fin. Elles ont seize ans, peut-être dix-huit. Elles vont dans la ville voisine, la grande qui l'est si peu, vivre des choses, faire la fête, prendre le pouls du monde qui leur est promis, pleines de désir et de dégoût, pour l'avenir, les garçons, l'alcool et cette musique sur laquelle elles danseront tout à l'heure, les bras levés et les yeux clos. Leur bouche est rouge, pleine d'injures et de délicatesse. On les voit venir avec leur sac à main minuscule et leurs projets californiens qui trouveront là-bas un quelconque Papagayo où s'échouer. Les garçons du même âge ne prennent pas le train, eux. Ils restent près des abribus, de la mairie, de la MJC, avec leur scoot et leur moitié de moustache, brutaux et tapageurs comme les gosses qu'ils sont encore. Mais les filles ! On les voit, parfois, le samedi soir, en grand apparat, superbes et infatigables, qui vont chercher leur dû, dans les rues pavées, les boîtes, les bars, leur appétit de néons et de bruit, leurs cils qui découpent le soir, et leurs jambes qui sont des ordres dans le froid clair de minuit. Elles ne sont plus alors ni des numéros ni l'enfant de quiconque. Elles sont en marche, pareilles à la foule, à la mer, pareilles à la guerre. Il suffit de regarder la fièvre qui les bande comme des arcs dans la lenteur des trains qui traversent la campagne. Elles ont des éclats de rire

qui dérangent les voisins. Elles ont des parfums qui ouvrent la voie. Elles ont rendez-vous avec une vie qui leur doit tout.

En sortant de Casto, il avait vu cette fille qui portait un gros sac entre ses bras, de gravier ou de charbon de bois, ses cheveux noués haut, les semelles plates, les fesses prises dans le Denim. Son indifférence animale sous le soleil, cette manière de dire j'ai ma vie, vous n'en êtes pas, un barbecue m'attend, je mangerai des saucisses et boirai du rosé, il y aura des enfants, des rires et je ne voudrai être nulle part ailleurs, tout cela passait dans sa démarche, et le balancement de ses hanches, une certaine raideur dans la nuque, et le barrage définitif de ses lunettes de soleil. Il se demandait où allaient ces femmes des magasins, qui ravitaillent et ordonnent les bonheurs du jour. Leur beauté empressée, leur entêtement à vivre le laissaient toujours un peu songeur. Qui pouvait bien leur faire l'amour à la fin ?

Ce matin entre Colonel Fabien et Barbès, les rames du métro ressemblaient à un bel appartement traversant, plein de cette lumière verte de huit heures, quand Paris est encore mouillé et presque vide. Il y avait des imprimés à fleurs, des sandales, une femme qui lisait debout le gros bouquin où Harari feint d'avoir tout compris. Il y avait la musique assourdie des écouteurs, une marinière, un type qui fumait une clope à son balcon en prenant son café, et des queues de cheval bien sûr. Les voyageurs patients osaient même par instants lever les yeux de leur écran. Le soleil leur piquait le nez et ils prenaient alors cet air d'enfant surpris dans son sommeil. Un homme sombre, très pieux, portait une marque plus sombre encore sur le front. Les jupes étaient peut-être moins courtes que l'an passé, mais ça suffisait. L'heure était si douce qu'on ne pouvait s'empêcher de penser à Sempé. La ville aurait pu jouxter la mer. Et l'on se disait, un sourire aux lèvres, que même la Fête de la musique ne pourrait rien contre ce premier jour d'été.

On me souffle en MP qu'il arrive parfois aux amants d'oublier leurs devoirs civiques, que le cœur a ses raisons et qu'il n'y a pas assez de préfets sur la terre pour faire obstacle à leurs urgences. On me dit qu'ils bravent en réalité les distances sociales, les couvre-feux, se foutent des taux de propagation et des indices de viralité. Ils sont tout à leur pente. Ils n'ont plus avec la société que des rapports lointains, de politesse, d'esquive. Eux ne se sentent tenus à rien. Dans leur ligne de mire ne demeure que la possibilité d'un rendez-vous et ils sont prêts pour cela à faire le mur, à mentir et se cacher. Dans leur monde réduit à une seule personne, la duplicité est un formidable passe-partout. Je les imagine aussi, ces tricheurs, avec leurs prétextes et leurs inventions, qui rasent les murs, conduisent la nuit le cœur battant, une volée de marches, un arbre pour s'adosser, une porte cochère, le creux sous un escalier, une chambre sous les toits, n'importe où, soudain ils sont deux, ils mélangent leurs odeurs, se cognent le front et les dents, des empreintes de doigts tout le long de la colonne, ouvre-toi, je t'en prie, leur loi on s'en fout, je suis à toi, viens, une main sur la bouche, le goût de sa salive, demain n'existe pas, le dehors est une fiction, ils se suffisent, c'est là leur gloire et leur limite. Dans nos cités occupées, ils font d'étonnants passeurs, ces amants qui se cherchent malgré la règle, laissant la vergogne à d'autres, le scrupule à ceux qui peuvent. Car eux ont faim, le ventre creux jusqu'à la syncope et un seul aliment pour se rassasier : l'autre, celui que tout à l'heure, quand le pays applaudira à ses balcons, ils iront trouver avec son sexe, ses yeux, sa bouche qui seront alors tout l'univers.

On imagine la peine des couples clandestins, ceux qui s'aiment en secret, dans le dos d'un mari ou d'une femme qui ne suffit plus. Pour eux, le confinement a sonné le glas des cinq à sept, des chambres d'hôtels l'après-midi, des rencontres à la hâte dans un parking, culotte froissée dans une poche, poitrine mordue dans le noir. Les voici assignés à domicile conjugal. La ville les sépare comme jamais. Il n'y a plus de TGV pour les infidèles. Le monde a dressé entre eux des murs de règlements et les attestations n'ont pas de case pour leurs sorties en douce, pas de régime dérogatoire pour leurs baisers illégaux. Ils s'appellent peut-être en cachette, on devine leurs textos tapés trop vite au prétexte d'une cigarette, dans un jardin, au bas de l'immeuble. Tu me manques j'en crève ta peau ton cul vivement demain vivement nous. Le soir, quand je lève les yeux vers les fenêtres allumées, dans la rue, je soupçonne ces drames relatifs. Dans cette maison, une femme est dans son lit qui pense à des mains d'homme sur ses hanches. À cet étage, un type a mal à force de ne pas tenir contre lui ce corps exilé. À table, il fait bonne figure. La journée, il assure la continuité pédagogique, dit des mots anglais à des gens qui ne lui sont rien dans des réunions à distance dont il se fout. Il sourit à sa femme et son cœur se serre. L'autre est là-bas, elle couchera ce soir avec son mari, qui pourra la sentir et peut-être même lui faire l'amour. La vie s'est refermée sur les amants comme un piège. Mais à la fin, on verra, quand les verrous auront sauté, ils feront l'amour jusqu'à se faire des ecchymoses, et le pays sera plein de leurs retrouvailles, la France crépitera comme un grand feu de sarments, il y aura derrière les rideaux tirés des petits hôtels du champagne et des sanglots, des dos zébrés, des draps qu'on empoigne et ces mots si vieux : Tu m'as tellement manqué.

Tu dors à trois cents kilomètres-heure, entre Nantes et Paris, sans prénom ni voix. Les mains au chaud entre tes cuisses, ta joue sur l'épaule, ta tête pesante comme celle d'un enfant, tu finis cette nuit que chaque lundi écourte. Tout à l'heure à Montparnasse, tu referas ton chignon avant de chercher un ticket de métro dans ton portefeuille. Tu t'engouffreras dans le chahut de la ville, son rythme de *supply chain*, tu y referas vite ta place d'atome, l'époque ne t'effraie pas. Autour de toi, ils seront des milliers de semblables, qui taillent leur route sous la terre, un œil fixé sur le soleil bleu de leur écran, des écouteurs dans les oreilles, cinq jours en enfilade, le week-end pour tenir et l'espoir rationnel de vacances à la mer. Tu fonceras avec ton classeur, ton sac à main, tes souliers vernis de jeune fille des premières classes. Tu t'accommoderas du monde où tu es bien. Je te regarderai partir, invisible et content. Je t'aurai vue dans le plus intime de toi, ton sommeil, ton visage sans calcul, ta bouderie de vingt ans. Je t'aurai vue et tu ne le sauras pas.

Cette vie, elle ne l'avait pas voulue. Et au fond, ça n'avait pas tellement d'importance. Chez elle, tout le monde ou presque faisait son chemin comme ça, de la maternelle au bac, un job, le mariage, deux mômes, les vacances, l'Auchan le samedi, le dimanche dans sa belle-famille. Avec un peu de chance et si le banquier était d'accord, on se faisait bâtir une petite maison un peu loin. Un crédit de plus. Il y avait déjà les deux bagnoles, le scoot du grand qui allait au lycée pro à vingt-cinq bornes et puis Cetelem, parce que les machines à laver crèvent toujours en même temps que la chaudière, c'est une règle. Cette vie, elle s'était dévidée vite en somme, épuisante et belle, continuellement contrainte, rognée aux deux bouts, mais le mégotage n'empêche pas le bonheur. Bien sûr, les mecs faisaient chier, le mari qui ronfle et rouspète, des mains baladeuses, les chefs qui coupent la parole, les gamins qui dès quinze ans sont d'épouvantables petites brutes et qu'on attend la nuit, les yeux grands ouverts dans son lit, parce qu'ils zonent on ne sait où, fumant des bédos et enquillant les vodkas-Redbull. Mais c'était sa vie en somme. Elle avait sa part, des baisers derrière l'école, une culotte qui glisse, le petit qui mange le dentifrice au lieu de se brosser les dents, son feuilleton sur la 3, les copines pour faire des tours en ville, pas souvent mais quand même. Seulement, il s'était produit ça, sur ce rond-point : elle avait connu autre chose. Un déchirement dans la toile uniforme des jours. Et soudain, ce sentiment de poisse, cette main sur sa nuque, la résignation qui lui tenait lieu de sagesse s'étaient évanouis. Depuis, elle avait beau faire, une impression de grand écran ne la quittait plus. On pouvait les traiter de tout, de fachos, d'ignares, de salauds, et après ? Jamais une injure ne pourrait rien contre cette vie ressuscitée. Jamais leurs beaux discours ne lui ôteraient cette découverte : elle s'appartenait. À présent, elle était lasse, abattue, elle avait peur. Le vent tournait. Mais elle était sans regret.

À tout prendre, elle préférait le retrouver à l'hôtel. Là, elle n'avait pas à se soucier des draps ou des voisins. Et puis sans très bien savoir pourquoi, elle aimait ces décorations surannées et les petits flacons de gel douche dans la salle de bains, les moquettes neutres et les téléviseurs suspendus, la chaînette en laiton qui pendait à la porte, le petit mot de bienvenue à côté des eaux minérales. À ses yeux, ces chambres interchangeables n'avaient rien d'anonyme. Elle y retrouvait au contraire son véritable territoire, celui de sa liberté, où elle pouvait crier et fumer des cigarettes jusqu'à la migraine. Pourtant, elle quittait toujours les lieux la première. Ce havre n'aurait plus eu de sens une fois seule. Il aurait même pu dénoncer tout le drame de sa double vie. Au fond, le bonheur était une question d'à-propos.

Après toutes ces années à faire ce qu'il fallait, pour son mec, ses mômes, faire carrière, être heureuse, après cette inquiétude immense de réussir sa vie, elle retrouvait avec un peu d'amusement le douloureux plaisir d'attendre un signe. Elle découvrait au passage que le monde avait bien changé. On ne rêvait plus d'un coup de fil. On n'allait plus chercher une odeur sur une carte postale. Tout se passait désormais dans le désordre des réseaux. Il fallait deviner l'autre au détour

d'un post sur Facebook, croire à un hashtag. Son cœur, tout à coup, s'affolait à la lecture d'un tweet ambigu. Elle perdait son temps, s'enfermait aux toilettes pour consulter son téléphone, et vivait ce temps fébrile des amours actuelles. C'était ridicule et merveilleux. Elle s'amusait.

À un moment, tout devient léger et grave. Et tu sais que vingt ans plus tard, tu auras encore en tête le souvenir de cet après-midi de printemps où il ne s'est rien produit de spécial, seulement le ciel voilé, l'orage tout proche, le risque d'aimer, ce retour en voiture sous une pluie battante, et tes mains sur le volant, fermées comme pour se battre.

Il regarda son dos, sa nuque, les cheveux qui faisaient un chignon bâclé, plantés d'un crayon de couleur. L'histoire des femmes et de leur faiblesse était un mensonge. Cette architecture-là pouvait tout. Tenir des enfants et plier, devenir un fleuve ou bien un pont, se courber sur une machine ou sous une lampe, recevoir des caresses, des coups, des colères ou la sueur d'un homme. Sous la peau, le muscle et l'os faisaient leur impeccable roulement.

La délicatesse était une ruse de caméléon. Elle était forte, increvable, dans son désir et ses obstinations et les deux fossettes au bas des reins le guettaient comme les yeux fixes d'une bête de somme. Alors, il se pencha pour la mordre.

L'ayant longuement regardée, il lui demanda ce qui la rendait triste. Elle sourit. Elle n'était pas triste, au contraire, et elle s'étira comme un grand chat, dans le lit défait, les pieds en pointe, ses bras étendus, ses longs cheveux rendus fous par la chaleur et les caresses. Tout se poursuivait ainsi, à chaque fois mieux et toujours pire. Il n'était évidemment pas question de tristesse entre eux. Les jours filaient à toute allure. Ils se voyaient une heure, puis retournaient à leurs affaires, le ventre content, les idées en bataille, avec des courbatures et un peu de bonne fatigue sous les yeux. Dans leur tête, une place était continuellement occupée par ce beau souci de l'autre.

Quelques jours plus tard, il trouva dans sa valise un vêtement qui ne lui appartenait pas. C'était un minuscule vêtement de femme, simple et noir.

Une étiquette H&M trop longue dépassait. Il le porta à ses narines et reconnut l'odeur familière de ce corps absent. Une odeur qui renfermait des formes, quelques heures, une ville et des saisons, une odeur capricieuse et compliquée qui disait des habitudes et des coups de chaleur. Il regarda ce pauvre morceau d'étoffe venu d'Asie qui était tout son trésor. Un rien de souvenir, industriel et répliqué, comme un Polaroid, un soldat de plomb, une pince à cheveux. Il espéra qu'elle l'avait laissé là sans hasard, par malice et par tendresse. Sa gorge alors se serra et il connut l'étendue exacte de son absence. Une Europe, et l'océan.

À chaque fois, il était surpris d'avoir accès à ces gestes-là, naturels, mécaniques, toujours nouveaux, qui étaient dans l'espace comme une signature. Elle se rendait dans la salle de bains, se lavait, accroupie. Elle relevait ses cheveux, un élastique entre les dents. Retirait son jean en balançant des hanches. Quittait la chambre en courant sur la pointe des pieds. Approchait son visage du miroir et d'un doigt, remettait de l'ordre, vérifiait sa joue, lissait son sourcil. C'était ça la vérité de son corps. Mille attitudes que les autres ne voyaient pas. Des gestes qu'elle réservait à la nuit. Lui seul avait finalement droit à cette impudeur. Il n'en disait rien. Un mot aurait peut-être annulé ce laissez-passer dans les coulisses, le don silencieux de son envers.

Dans leur monde sans règle, sans habitude, sans échappatoire, l'attente était un repère. Il disait, demain, je t'attendrai. Et elle pouvait y croire. Elle lui envoyait un message, attends-moi, j'arrive, et son espace à lui, son temps, son vide prenait un contour, il espérait. La patience était leur nouvelle vertu. Le tic-tac d'une montre leur chanson entêtante. Ils conjuguaient chaque verbe au futur. Demain, tu seras là.

À l'heure secrète, le jour dit, elle venait. Il fallait alors éplucher le malaise, les non-dits, toute cette vie du dehors accrochée à ses vêtements, cet interminable souci. Pour l'aider, il y avait du vin, elle fumait et cette réticence involontaire, peu à peu, tombait. L'aventure de chacun pouvait alors commencer. Il est tard, une femme tourne le dos, accoudée au balcon. Là-bas, la télé des voisins qui fait son halo bleu. Un parking, trois lampadaires, il y a des chats, des voitures, et le ramadan a commencé depuis jeudi. Dans ce moment, nos mains ont l'adresse des pickpockets. Viens, le temps presse. Dans les draps, tout à l'heure, il faudra tout refaire, le silence et puis le bruit. Dépêche-toi, demain tout recommence, ton absence, ma rage et le mariage du prince Harry.

Ils ne trouvaient plus les façades monotones, les gens étaient un décor et le poids des rares retrouvailles donnait à leur emploi du temps une courbure accélérée. Tout allait bien, oui. Mais cette histoire en mûrissant prenait une saveur d'agrume. Avec la douceur venait aussitôt une minuscule piqûre, un avant-goût d'autre chose, comme une prémonition ambiguë. Ils n'osaient pas se le dire, mais c'était là, une acidité avant-coureuse, une promesse de déplaisir. Et à mesure qu'ils s'aimaient mieux, il leur devenait plus douloureux de penser à la fin. Ce serait dans un mois, pour les vacances, ou plus tard, à la rentrée, l'année prochaine ou dans deux ans. Peu importe, ça viendrait. Ils ne seraient pas tristes alors. Ils éprouveraient simplement ce chagrin sans regret, ce sentiment du temps révolu qui porte le beau nom de mélancolie. Par avance, elle s'y essayait. Enfin, ils avaient été heureux comme des criminels.

Ce soir, je dirai tu, parce que c'est peut-être la seule manière de m'adresser à chacun plutôt qu'à tous. Tu es devant ton écran, et je ne te connais pas. Pourtant je ne peux m'empêcher d'imaginer ton existence. Tu as des enfants, peut-être deux, ou tu n'en as pas. En tout cas, il est tard, et tu es fatigué. Aujourd'hui, tu es allé bosser, tu as fait ton compte de corvées, tu as eu ton lot de plaisirs et de contraintes. Ou tu as emmené les petits à leurs activités, tu as fait la navette de la danse au tennis, du piano à la céramique. Tu n'as peut-être rien fait du tout, que compter les secondes, et attendre ce qui ne vient plus. Peut-être que tu es seul chez toi, ou que tu voudrais l'être. Ou alors quelqu'un est tout près, quelqu'un que tu connais si bien que tu ne fais même plus l'effort de l'aimer comme il faudrait. Dans ton salon, la lumière est faible pour ne pas contrarier la télévision. Tu penses à demain, le réveil trop tôt, tu penses à tes prochaines vacances, à la librairie où tu iras, aux repas qu'il faut préparer, à un collègue qui t'a tapé dans l'œil, à ton père qui n'est plus là, tu penses à ton lit et aux examens de la grande, aux devoirs des petits, à ton régime, à ton cœur, à ton compte en banque, tu penses que la vie n'est pas un roman. Ce soir, tu nous as écoutés raconter toujours ces mêmes histoires de sorts qui se rebiffent et de colères contre l'ordre des choses. Je n'ai pas de conclusion, pas de savoir spécial à te donner pour finir. Je suis comme toi. Je n'ai que cette pauvre vérité en magasin, que je me répète à moi aussi. Ne cède pas ton temps en vain. Ne vends pas ta force à vil prix. Ne crois pas les "c'est comme ça", les "que veux-tu qu'on y fasse ?". Ne donne pas ton sommeil à ceux qui le muent en or. Réserve-toi le plus possible pour la joie. Écoute-moi. Tu n'as qu'une vie : défends-la.

Personne n'échappe à son époque. Comme les autres, nous avons nos ordres, nos misères, nos familles recomposées, les enfants qui trimballent leur kimono et leur clarinette d'une maison à l'autre, qui font leurs devoirs dans des cuisines avec ou sans îlot, qui ont leurs lits dans des villes qui s'ignorent et fêtent deux Noëls et trois anniversaires. Regarde-les, nos petits voyageurs, adaptés par force, heureux partout, qui font jaillir un autre nid à chaque station, qui sont tout le domicile de la terre, regarde leurs ailes qui nous font chaque semaine un autre toit fabriqué de rien, deux cris et un chaton. Nous avons quarante ans et bientôt pire, et dans ce grand chambardement du milieu, nous avons tout refait, les peintures et nos prêts, racheté d'autres pyjamas, divisé les étés, le temps passé et les calendriers.

Nous avons appris nous aussi ces divisions qui démultiplient les grands-parents, les cadeaux, les vacances, qui inventent des petits frères, des grandes sœurs, qui doublent les gros chagrins, les chambres et les éclats de rire dans les étages, les murmures la nuit, quand ça ne dort pas même s'il est hyper tard. Après les éclairs et les secousses, voilà, comme tant d'autres, nous avons emménagé dans ces dimanches inédits, inauguré ces trajets qui n'existaient pas hier, tu déposes les petits, tu veux un café, non j'ai juste le temps d'une clope, tout va bien? oui mais n'oublie pas le rendez-vous chez l'orthophoniste et de rapporter le maillot de bain des enfants, allez assieds-toi deux minutes, on n'est pas aux pièces. Oui, je vais prendre une bière dans ce frigo qui n'est plus le mien, te regarder et demain nous serons vingt pour une raclette ou un réveillon, avec la trame des souvenirs entrecroisés, des amours en réédition, en proie à cette phénoménale expansion de nos vies, les cicatrices à l'abri et le cœur bien lourd de ces bonheurs en boutures, et tout pousse et tout croît, le lierre tordu de nos bras, l'infinie végétation de nos attaches, et ce fourmillement de nos familles aux hérédités volontaires. Oui, nous sommes bien de notre temps, paumés mais fidèles au poste, malgré les insomnies, l'Ukraine et les découverts. Et à la fin, tout finira sous la poussée de leurs tentatives. Nous serons alors bien fatigués et sûrement fiers, ne comprenant plus rien à leurs manières. C'est qu'ils feront alors comme nous, du mieux qu'ils pourront, contre le monde adverse et une main dans la leur. Nous serons leurs témoins peut-être, réconciliés va savoir, et devenus si lents finalement que nous oublierons de nous blesser. Écoute. J'entends déjà au-dessus de nos têtes le trot d'un enfant à quatre pattes qui se prépare à vivre quand nous ne serons plus là. Il vient, c'est bon, nous avons réussi.

Il préférait rester dans son lit, occupé à lire de vieux livres de poche qui avaient survécu à tous les déménagements. Et depuis ce lit, il recevait par texto des échos de bonheurs éloignés. Les gens avaient ce génie des compensations. Des baignades venaient équilibrer des semaines de bureau. Des rires en terrasses effaçaient le passage du temps. Des jeux d'enfants faisaient oublier pour quelques heures les batailles perdues d'avance. Ailleurs, on s'occupait, on buvait du gin, on s'accordait des écarts. Cet incessant replâtrage n'allait pas sans un certain héroïsme, finalement. Il se levait, en pyjama, prenait un autre café. Les vacances des autres avaient leur poids d'évidence. Il tâchait de se replonger dans sa lecture. L'odeur familière du papier jauni lui serrait le cœur.

Parfois, le soir le prenait comme une rafle, et il ne trouvait plus rien à faire que contempler ses ongles trop courts, la couverture du roman de Marcel Aymé sur son lit, le passage des lumières au loin, les voitures captives, une ville affairée. Dans ce soupir, le réel redevenait un corps nu et sans mystère, il n'y avait plus ni filles ni cafés à rallier, plus une seule bouche où planter ses dents, pas le moindre à-coup. La vie opérait alors à découvert, toute crue, vite passée, avec son tic-tac de réveil, son pas chassé qui laisse un sillon parmi les feuilles et un froissement sous la paupière. Par la fenêtre, il cherchait sur une affiche publicitaire un peu de lumière. Une couleur suffit parfois. Ce bleu par exemple, celui du ciel, et l'odeur du café. Le nez l'emportait en fin de compte, un zeste de mandarine, le savon entre ses doigts, les cheveux trempés du petit garçon brûlant sur son oreiller, la sueur qui dit reste là.

Où étaient passés les étés continentaux de son enfance, qu'il avait parcourus avec ses copains, toujours à vélo, du silence jusqu'au soir, en espérant sans cesse un premier baiser ? Où était l'été de ses quinze ans et sa morsure spéciale, une main dans une main, l'odeur de *weed* et de barbecue, la crainte de rentrer trop tard ? Et l'été grec avec elle, pieds nus, le tintement des glaçons dans le noir, l'interminable bonheur des siestes dans la chambre du fond, et son ventre de moisson ? Où était passé ce temps désirable, et cette possibilité d'être là ?

Une poignée de moments suffisait à sa vie. Un soutien-gorge ou un livre qui s'ouvre, une séance de cinéma l'après-midi, un premier verre, et cette surenchère de tendresse, chaque soir, quand il couchait l'enfant : plus que la mer, plus que les nombres, à l'infini multiplié par l'infini. La bonne odeur de pain qui montait de cette petite tête posée sur son cœur tandis qu'il lisait des histoires de loup et de renard.

Toute l'enfance on s'imagine que les adultes savent ce qu'ils font. Chaque jour, ils partent bosser, ont des carrières, font semblant chacun dans leur coin, choisissent des yaourts ou leur voiture, rentrent crevés du boulot, vous bordent et tout recommence. Ils savent lire des cartes routières, faire pousser des tomates et parfois même s'aimer longtemps. En réalité, je vais te dire, personne ne sait rien. Tous à notre mesure, nous repoussons pauvrement le désastre, celui du temps, des autres, de notre impuissance, des grands chagrins qui vous prennent quand le volant de badminton est retombé chez le voisin. Et un dimanche, plus chaud, plus désert que les autres, on fait ce qu'on peut une nouvelle fois. À partir de là, les jours seront plus longs, les appels plus loin et je t'imaginerai dans ta nouvelle école, avec les copains à se faire, la rue où tu courras, ta nuque brûlante dans ton lit tard le soir, l'odeur de tes cheveux que tu ne veux jamais laver, ça pique les yeux. Les adultes font ce qu'ils peuvent et aujourd'hui, je ne peux pas grand-chose, tu sais, à part contempler le grand vide de ta chambre et t'attendre. T'attendre tout le reste de ma vie.

Je me souviens des après-midi d'après la bibliothèque, quand je rentrais, le sac lourd de bandes dessinées, de petits romans à la tranche verte et que ma chambre devenait un vaisseau, un navire, une plaine ou un désert. Je te regarde et j'envie ton sérieux, les mondes qui vont et viennent dans ta tête, ce calme douillet où tu déplies tes histoires qui sont plus vraies que la vie dehors. Tu es là, à l'abri de novembre, si loin de nous et le brouillard n'existe plus, les feuilles tombent pour rien, la maison est un songe. Tout à l'heure, tu prendras une épée pour refaire debout les aventures silencieuses de tes livres. Tu tiendras tous les rôles. Cette petite voix derrière la porte, je la connais. Et les courses en chausson sur le parquet. Les objets tomberont par terre et ce sera sans importance. Je te regarde, un petit garçon, si fugitif et parfait. Ces heures-là, il faudra un jour te les rappeler. Regarde, je t'aide, je prends des notes. Je nous fais un souvenir. Je te sauve pour plus tard.

Hier, tu l'as emmené dans ce vilain restaurant de cow-boy dont ses copains du centre aéré lui avaient parlé. Il a pris le *chicken mix* et toi un steak avec des haricots verts. Tu surveilles les indices glycémiques. Tu veux vieillir lentement et tricher avec les signes de la mort. Rides, calvitie, embonpoint, insomnie. En voyant venir les haricots, l'enfant s'est inquiété. Il portait son chapeau

de shérif, un débardeur Spider-Man. Il était tout bronzé. Tu l'as rassuré. Les légumes étaient pour toi, il n'avait rien à craindre. Aujourd'hui, il a cinq ans et demi. Tu te souviens de la clinique de Saint-Mandé, des immenses fatigues du début, d'un whisky bu à trois heures du mat' après avoir langé ce nouveau-né aux tyrannies involontaires. Tu regardais la ville éteinte. Un bébé propre dormait dans la pièce voisine. Tu t'étais alors posé ces questions féroces. Est-ce que je tiendrai le coup? Est-ce que je vais y arriver? Tu dormais si peu, si mal, depuis si longtemps. Le whisky avait ce bon parfum de terre, de jaune, cette dureté qui refoule les larmes. Hier à la terrasse du Buffalo Grill, tu l'as regardé faire du coloriage et manger ses *wings*, son chapeau sur la tête. Il est grand, chaque jour un peu plus. Et chaque jour plus beau aussi. Tout a été détruit autour de toi, sauf lui, chaque jour plus beau, plus futé, tellement fait pour la joie. Tu le regardes et ton regard est un appétit d'océan. Tu ne te rassasies jamais de son nez minuscule, de son corps de bouts de bois, de ses cheveux de soleil. Tout a été détruit sauf cette créature minuscule, chétive. Depuis le départ, c'était lui le plus fort. Et puis son ballon gonflable tombe de sa chaise, roule par terre. Il se précipite et le ballon éclate, ne laissant que des débris verts, des lambeaux de plastique. Aussitôt, il est pris d'un chagrin total, qui secoue la poitrine et défait le visage. Il pleure et ramasse les lambeaux verts. Tu lui dis qu'il aura un autre ballon. Mais il serre ses lambeaux de ballon mort, soudain lucide, inconsolable, ce ballon qu'il aimait ne sera jamais plus. Alors tu le prends contre toi et tu hais le passage du temps et ses *nevermore*. Tu hais le Buffalo et le monde au-dehors. Tu hais cette vie qui n'épargne pas non plus les fils.

Encore une journée à ne rien faire qu'écouter la plainte du monde qui dans un vaste soupir rétrécit sous nos yeux. Encore une journée pour rien. Hier, tu as bu et ce matin, la douleur. Les bonnes résolutions ne tiennent pas la distance dans ce moment d'éternel retour. Les nouvelles n'étaient pas bonnes, le vin facile. Encore une journée à regarder le monde se défaire sur ton ordinateur. Le soleil brillait clair au-dehors, le cerisier est en fleurs, une chaise longue en dessous, avec son semis de pétales blanches. Ton fils a laissé en partant des jouets sur le sol, une BD ouverte en travers de son lit, des vêtements sur le petit banc, tu ne touches à rien. Pour une fois le désordre est une douceur. Tu le disputeras plus tard, pour la forme, il s'en fout et toi aussi. En attendant, tu auras profité des traces abandonnées derrière lui, et cherché dans l'oreiller le souvenir de sa sueur.

Il y avait dans cette vieille maison à la campagne des araignées et des livres de Jean Bruce, des serrures qui ne voulaient plus rien savoir, un crapaud timide et des tas de bouteilles vides, un pommier qui était aussi un souvenir, une cabane perdue entre deux arbres et pour le petit-déjeuner, du lait chaud dans un bol en Arcopal. On allait y vivre par bouffées des week-ends buissonniers, entre copains, avec des enfants, manger des gaufres et vider de minuscules verres d'alcool de fruit. La pluie même ne pouvait rien contre ce bonheur régulier.

Elles passent vite, les vacances. Quinze jours, même sans devoirs et quand il pleut, c'est tout de suite fini. On se lève, le petit-déj', un Marvel, un tour au parc, et il faut déjà se coucher. Entretemps bien sûr, il a fallu gueuler vingt fois, pour que tu te brosses les dents, mettes des chaussettes et cesses de casser des trucs avec ton Nerf. On n'a rien vu passer. Demain, tu auras douze ans et quatorze. Un début de moustache et l'envie de te tirer. Qu'est-ce qu'on aura pu? Rien. Juste manger de la glace et bouquiner au lit, se demander si Rocket est plus cool que Groot, ou Ron plus marrant que Dowey. C'est l'autoroute de l'enfance, le Tokaïdo Express des premières années. On n'imagine pas l'accélération au départ, le changement des nuits et dans le miroir. Regarde-nous, comme tu ressembles à ce que j'étais, comme je deviens ce que tu seras. Aujourd'hui, quand tu te plantes dans la prononciation d'un mot, ou que tu utilises un terme pour un autre, je ne te corrige plus. Je fais durer tes erreurs. Je retarde encore un peu le moment où ce sera mon tour de prendre des leçons. Et le bout des vacances, pour de bon.

La prochaine fois que dix ans auront passé, où serons-nous? Tant de choses sont arrivées depuis toi. Tu es un monde dans le monde. Tu es ma fatigue et mon sang, l'odeur de ma joie, l'axe autour duquel tournent les heures. Tu es loin, et toujours là. Un jour, tu auras toi-même l'idée d'enfiler un pantalon avant de sortir, et ne me demanderas plus chaque jour quel est mon super-héros favori. Tu n'auras plus cette rage de jouer, et tu prendras même des douches de ton propre chef. Les copines seront un sujet plus grave que les copains. Tu seras plus grand que ta maman (l'an prochain selon mes calculs) et tu découvriras que dix euros ne suffisent pas à faire de toi un millionnaire. Au fond, je n'ai pas hâte. Prenons le temps, d'accord ? Soyons lents à dérouler le bonheur. Fabriquons longtemps des souvenirs. Vivons doucement, mon chat, en attendant ton prochain anniversaire. N'aie pas trop vite vingt ans. Un grand garçon, c'est bien déjà.

Ce matin, tu ne voulais pas te lever. Et puis tu t'es souvenu que tu allais retrouver Pacôme, Lucien, l'autre Oscar et la belle Giulia. Tes potes comme tu dis, maintenant que tout est nul et que tu fais le *gangsta* sur les photos. Je t'ai vu partir ce matin avec ton sac trop lourd, tes oreilles qui décollent. Je sais ce qu'il y a au bout de la rue, ta nouvelle classe, les potes et cette femme aux yeux clairs qui va t'apprendre à lire, à te taire *(inchallah)*, à devenir ce que nous sommes. C'est peut-être une bonne nouvelle. Cet été, tu as pris cinq centimètres, tu t'es baigné dans l'océan, tu as pensé à ta maman en secret, le soir, dans le dortoir de la colo, tu as dévoré les tartes de mamie, tu es allé un peu partout, comme font les enfants de parents qui ne s'aiment plus. Tu as connu le plaisir des pique-niques sur l'autoroute, des glaces en revenant de la plage, des siestes avec Yakari et Anatole Latuile. Je te regarde encore et tu n'es plus le même. Deux mois ont passé et c'est tout un monde qui est englouti. Je suis le greffier de ce temps révolu. Il faut bien que quelqu'un tienne le chronomètre. Et plus tard, quand tu seras vieux comme moi, et souvent las, je te raconterai cet âge extraordinaire de la joie, quand tu parlais tout seul dans ta chambre, quand rien ne valait le goût du caramel au beurre salé, et je te rappellerai ces larmes de désespoir parce qu'à cinq ans, il n'y a pas de différence entre ton ballon qui crève et ton cœur qui se brise. Je t'attends à l'autre bout, ne t'en fais pas. Ton enfance est en lieu sûr. Tu peux devenir qui tu voudras.

Il existait dans cette ville une piscine à ciel ouvert, décatie et qui n'ouvrait que deux mois chaque année. Juillet venait et très tôt en début de journée, on pouvait y faire des longueurs, presque seul, dans cette lumière si nette de huit heures du matin, quand la chaleur monte à peine de terre et que l'humeur est rose comme la Floride. De jeunes nageurs à l'entraînement plongeaient selon le rythme mathématique et sous la surface, on pouvait voir la synchronicité de leurs battements, le buste idéal des garçons, les jambes des filles qui faisaient mal au cœur, l'exquise facilité avec laquelle ces corps fendaient l'eau bleue dans un miroitement oblique. On aurait dit des armes inventées pour le regard. Parfois, ils étaient si beaux que le temps était pris d'une sorte de hoquet, une hésitation où éclatait l'évidence fixe de leur jeunesse. Puis la grande horloge marquait midi. Alors des familles qui habitaient tout près, des gamins des quartiers hauts, des ados pleins de rires, des femmes avec leur nouveau-né, des vieillards en slip de bain et le dos caramel débarquaient en nombre. Le brouhaha durait jusqu'à dix-sept heures, l'eau devenait trouble et il fallait bien du courage aux surveillants, faussement cools et le sifflet aux lèvres, pour discipliner la joyeuse bestialité des hordes de mineurs presque nus. Le déclin du soleil aidant, le bassin retrouvait bientôt son calme. Sur le parking, une fille sur la pointe des pieds sentait pour la première fois des lèvres sur ses lèvres. De loin, on pouvait la voir refaire toute l'histoire du monde, l'été à quinze ans, des souvenirs qui lui reviendraient sur la plage, deux décennies plus tard, en voyant sa propre fille main dans la main avec un garçon. Le soir tombait pour finir, tuant la rumeur alentour. Même le clapotis n'osait plus en attendant demain. Un calme sans tristesse venait, et chacun savait qu'il y aurait un autre jour, un été de plus, avec ses cris et des baisers rapides sous les douches. Mais la piscine fut détruite, on projeta des bains, des curistes, un casino. Les chiffres emportèrent les possibilités de l'été. Ne resta que la mémoire de ces nageurs dont l'ombre aux contours flous glissait au fond, sur les carreaux de faïence dépareillés.

Ton enfance est loin, aujourd'hui. Tu n'es plus si pressé de voir le temps passer et les vacances venir. Ce corps sous tes yeux, c'est aussi une promesse. Tu penses à ton fils qui a passé la nuit dans une cabane perchée dans un arbre. Tu le racontes à ton père et ça le fait rire.

Un jour, il te demande de l'aide pour retirer son t-shirt et tu vois pour la première fois depuis très longtemps sa poitrine, les poils blancs, son ventre gonflé, ses bras réduits à rien. Ce sont pourtant ces mêmes bras qui t'ont porté autrefois. Des photos de vacances le prouvent. Tes souvenirs aussi sont là qui te l'assurent. Et les voilà si peu de choses à présent, ces bras qui t'ont tenu, soulevé, entre lesquels tu n'étais rien, avec ces mains qui te rattrapaient quand tu tombais de vélo et qui te donnaient des gifles quand tu répondais mal. Il fait très beau derrière les rideaux baissés et dans cette chambre trop petite pour contenir tout le mobilier ancien, tu ne reconnais plus ce corps qui a servi à te nourrir, à t'habiller, à avoir des baskets neuves et une trousse Creeks à la rentrée, ce corps qui a travaillé presque cinquante ans pour te protéger, que tu aies chaud l'hiver, et la mer l'été. Ce corps dont tu as cherché la chaleur et que bien plus tard, tu as détesté de toutes tes forces, parce qu'il te faisait obstacle quand tu voulais sortir, boire avec les copains, quand tu voulais vivre des choses et donc le tuer. Et le voilà qui finit là, pour de bon, sous tes yeux et dans la lumière diffuse de juillet. Incrédule, tu constates les dégâts, l'odeur méconnaissable, le muscle qui a fondu, la peau devenue pâle et puis surtout ce crâne nu, si vulnérable, si peu fait pour la guerre, rose comme celui d'un enfant, et qu'on voudrait protéger du creux de la main. Alors, tu te prends presque à regretter de ne plus être ce gamin qui jouait aux billes sous le grand marronnier, lisait *Les Tuniques bleues* à l'heure de la sieste et ne savait du temps que l'impeccable rotation des années scolaires et des étés tant attendus.

Hier, ton père est arrivé aux urgences. Tu as vécu de loin sa longue immobilité silencieuse. Les hôpitaux sont nos nouveaux exodes, détresses bondées, foules aux patiences de détenus qui attendent leur quart d'heure, calamité du surnombre et des aléas quantifiés. Au téléphone, une voix de femme, très calme, désolée et sage, temporisait avec un lourd accent d'ici. Le ciel dégagé comptait ses étoiles et toi tes cigarettes. Il n'y avait rien à savoir, que la vieillesse et ce père qui ne décroche plus. Tu imaginais ces cinquante cas prioritaires qui retardaient ta nuit, ces blouses blanches croisant dans les couloirs, piètres navires qui n'ont plus assez de canots, de fioul, de vivres, équipages de fatigue qui prennent la vague disparate des salles d'attente. Un monde en coulisse crève de ses économes, de ses ratios et de ses sommes. Le bas des bilans a eu raison de toutes les disputes. Nous n'avons plus que nos insomnies pour prendre soin de nos drames. Notre tour viendra. Nous connaîtrons nous aussi les couloirs, la lumière blanche, les pénuries et le charme des derniers remparts, le calme navré des femmes en Crocs et des internes qui sont la chair à canons de notre époque de comptables et de procédures. Oui, on nous calculera comme le reste. On nous mégotera jusqu'au dernier souffle. Rien ne tue comme une soustraction. Et pour finir, un rapport conclura sur la marge de nos agonies. Nous aurons atteint comme nos parents la perfection des variables d'ajustement. Le champ de la bataille arithmétique sera notre frais cresson bleu.

Tu fus si fort, et nous nous sommes tant battus. Quinze ans de disputes, parce que la politique, le shit, ton autorité sans explication, ton héritage de claques et de mots ravalés, parce que père et fils et qu'on ne savait rien faire d'autre. Il y aurait de la matière pour vingt ans de thérapie, toi qui n'as jamais vraiment cru à la parole et qui, si on te parlait d'inconscient, hausserais les épaules. Tu viens d'un monde presque englouti, où les hommes avaient des devoirs simples et des exigences impératives. Ils remplissaient le frigo, vous foutaient un toit sur la tête, des vêtements sur le cul et pour le reste, ils n'attendaient que d'être obéis. Ils furent longtemps incontestés, dans leur bêtise, leur brutalité affectueuse, leur amour distant, leurs colères qui ruinaient un dimanche, un réveillon ou les vacances. Ces hommes-là s'achèvent, et tu n'es plus ce Dieu de l'Ancien Testament, terrible et tout-puissant. Je te regarde, hagard, qui hésite, ne sachant plus rien du jour, de l'heure, de tes symptômes ou de l'état de tes artères. En chaussons, dans un couloir d'hôpital, tu cherches une porte. Tu dis oui à tout, de crainte d'être démasqué dans tes oublis. Tu souris, voilà ce qu'il te reste, enfin doux parce que faible. Et ce soir, tu me demandes où est maman. Tu as tout perdu de vos déchirements. Tu ne sais plus rien de ces années judiciaires, de la brouille pleine de calculs et d'ergotages qui vous a transformés en adversaires. Tu es perdu et tu l'attends. Je dois alors reprendre l'histoire du début. Et personne ne peut imaginer ce que c'est, se découvrir soudain seul, soudain vieux, soudain célibataire, avoir le remords de fautes dont on n'a pas le souvenir, deviner tout un empire d'ombre où la vie patiemment bâtie s'est défaite comme à votre insu. Se réveiller dans ce cauchemar, regarder ses mains, l'impuissance dedans, les murs blancs et être devenu si fragile, si peu de choses qu'on dit à son fils des mots encore impossibles hier. Puis retourner à la nuit, au mystère de ce présent qui semble découler du vide et ne plus répondre à aucune loi. Ce présent pur où je prends ta main, comme tu tenais la mienne quand tu étais le père et moi l'enfant.

Je pourrais tout aussi bien relater la vie de ma mère, ses servitudes, comme elle s'est libérée sur le tard, à quel point elle fut une femme de son temps, de son milieu, de sa région. Une autre fois. Mon père s'appelle Paul, ce qui était aussi le nom de son propre père. Il naît à Épinal en 1946, dans une famille de dix enfants, et devient orphelin de père à peu près au moment où il entre dans la vie professionnelle. Il a alors quatorze ou quinze ans. À cet âge, il rêve de voir du pays, d'avoir un jour des mômes, sa maison, il fume des Gitanes brunes, suit les exploits de Saint-Étienne sur un petit transistor, il a des copains à foison et le soir, fait du culturisme avec du matos fabriqué artisanalement. Dans ce monde-là, tout le monde bricole. Plus tard, il va travailler dans toute la France, à l'étranger, faire sa pelote en trimant sur des chantiers où il est électricien, demi-chef, et plutôt content. La suite, c'est le mariage, moi, le travail encore, les déplacements pour gagner mieux et faire construire, le pavillon et le terrain autour pour récompenses de ses efforts. Être enfin chez soi, famille étroite, les voisins ne feront pas chier, l'enfance à deux dans un même lit est conjurée. Il faudrait faire l'archéologie des détails. Il faudrait élargir, et préciser beaucoup. La place manque, le souvenir aussi. Je sais que chaque soir, il rentre et se plaint des centaines de kilomètres qu'il a parcourus pour dépanner des ascenseurs dans tout le département et même au-delà. Nous sommes dans les 80's, mais il a déjà un petit appareil qui bipe le jour, qui bipe la nuit, le tient continuellement en alerte. Otis a vendu du service 24/7. Mon père, au bout de la chaîne de décision, fait le job. Le dimanche, il dort devant le Grand Prix. Prost gagne, ou Senna. C'est sans importance. Nous restons à la maison, à la merci du bip. Mes parents s'engueulent, parce que le stress, les mots qui feront toujours défaut, parce que je deviens un ado casse-couilles et fumeur de joints, parce que s'aimer bien est la plus insurmontable des affaires. Mon père, lui, bosse. Les kilomètres, les permanences, la pression, le flicage de plus en plus, saqué parce que syndicaliste, jamais augmenté parce que grande gueule. Je me souviens de sa joie un jour de grève, parce qu'un collègue d'ordinaire timide avait bousculé un chef. La revanche et oui, cette joie, la jubilation de sentir l'inversion de la force, le cul par-dessus tête de la contrainte. Plaisir momentané. Le droit était rarement de son côté. Mon père fut exploité mais pas malheureux. *Baby boomer* macho et plein de certitudes, il a fait son chemin, des voyages, eu de l'argent et sa pelouse à tondre le week-end. Sa vie, comme nous tous, il l'a choisie et subie tout à la fois. La part de liberté se mesure mal, même après coup. Un jour, il est parti à la retraite, et s'est laissé porter, gueulant devant BFM et profitant avec ma mère d'un reste de santé.

Plus tard, une séparation, la maladie, l'amnésie, la pâleur du bout du bout, cette chétivité de plume, cet homme qui fut un colosse, mon dieu, beau mec, rieur, a disparu. C'est moi l'homme à présent. J'ai eu de la chance. J'échappe désormais à la quasi-totalité des obligations qui pesèrent sur mon père. Je n'ai plus guère de chef, pas de problèmes de fric, je suis maître de mon agenda, de l'heure de mon réveil et mon sommeil m'appartient. Mais je demeure comptable de ses sacrifices. Ma dette est là. Je suis de ce sang des emmerdés perpétuels, des soumis qui grognent, ceux que dévorent la chaîne, le chronomètre, qui n'ont que le temps qu'on leur abandonne. Toujours je serai un gosse de prolo fier de son BEPC, qui avait peur du chômage et des dettes, qui s'endormait chaque soir devant la météo. Cet homme dont la vie fut employée à des fins qui n'étaient pas toutes les siennes. Qui a compté les jours avant les vacances, les mois avant la retraite. Je suis de ce monde du temps vendu par force, cédé parce que c'est comme ça. Je suis de la race des mécontents, de ceux qui tiennent parce que pas le choix et rêvent que leurs mômes feront mieux, seront plus heureux, moins soumis et moins las. Je suis du vaste peuple de mon père, et j'abomine ce vol de deux années qui pourtant ne me concerne pas.

Depuis l'enfance, c'est une longue leçon de choses. Il faut connaître sa table de neuf, le conditionnel et le futur antérieur, des fables de La Fontaine et les capitales qu'on ne verra jamais, Montevideo, Oulan-Bator, Le Cap ou Canberra. Dans la cour de l'école, un grand marronnier fait de l'ombre. Les genoux au mercurochrome, les billes dans un trou, bientôt il y aura les filles, demain le baccalauréat et c'est déjà fini. Jusque-là, tout est allé très vite, et il a fallu gober chaque mensonge. On a grandi bêtement, sans avoir jamais sommeil et mourir n'était qu'un verbe du troisième groupe. Mais les événements se précipitent et c'est déjà l'heure de la grande course aux premières places. On a des nuits blanches et des gueules de bois. Une petite brune avec des yeux jaunes vous donne la main dans une gare de sous-préfecture. On note des dates sur des fiches bristol et les manuels d'économie sentent bon le Stabilo. Regarde, c'était hier et dans le rétro il n'y a déjà plus rien. Le paysage est devenu flou comme à travers la fenêtre d'un train. Tu te réveilles et un enfant dort dans la chambre à côté. Tes yeux sont lourds. Le temps a passé et le par cœur ne sert plus à rien. Il n'y aura plus d'examen blanc, plus de galop d'essai. Tu es rentré dans le dur, les rides, les cicatrices et ton crâne bientôt lisse. Tu dois tenir au boulot, faire lire les enfants, aller voir tes parents, demain c'est Noël, les magasins brillent, il faut passer chez Monop, le petit a encore chopé une laryngite et l'aînée est fière de ses seins qui poussent. Les jours ont désormais la densité du plomb et chaque heure est la poursuite du même effort. Tu as compris maintenant ce qu'on ne dit jamais, la fatigue, le mors aux dents, cette formidable course d'endurance qui ira jusqu'au bout. Tu sais le fin mot de l'histoire. Cette vie n'était pas la tienne. Elle t'aura juste emprunté, comme un pont, une paire de chaussures. Elle te sera passée au travers en ne laissant qu'un chapelet de souvenirs vagues. C'est ta gloire et le piètre emploi de ta force. Réjouis-toi. Cette dépense est le seul sens ici-bas.

La première fois, tu es dans une cuisine chez ta nourrice. C'est bientôt l'heure de manger et la cocotte-minute siffle à intervalles réguliers. Il y a de la buée sur les vitres et à midi, on mangera du rôti de porc avec des haricots. À la radio, c'est l'heure de la Valise RTL. Tu as cinq ans, peut-être six. Tu entends Johnny sur le transistor. Il chante "Dites au curé, dites au pasteur". Tu as quinze ans et tu portes ta première cravate. Ta cousine se marie ce jour-là et tu picoles en cachette. C'est déjà l'adolescence. Tous les adultes sont des cons, tu es amoureux de Séverine, elle porte une veste Oxbow, elle te préfère Jim Morrison. Du coup, tu t'es laissé pousser les cheveux et tu ressembles à un lave-pont. À un moment, ta tête commence à tourner vraiment beaucoup et tu vas vomir derrière la salle des fêtes. Au loin, tu entends “Gabrielle, tu brûles mon esprit”. Tu as dix-huit ans et tu vas bosser quinze jours à l'usine du coin, à l'empilage. Tu prends ton vélo chaque matin à cinq heures, tu embauches à six. À l'époque, tu lis Bukowski, tu étudies l'histoire dans une fac de ville moyenne où il pleut la moitié du temps, tu ne sais rien foutre de tes dix doigts. Au boulot, il y a ce type inoffensif qui t'a pris sous son aile. Tu as oublié son nom. Il gagnera le Smic jusqu'au bout, ou à peu près. Il est content, en août il emmène sa femme et ses gosses à la plage. Ça fera du bien, qu'il dit. Il ne lui reste plus tellement de cheveux déjà. Ce type restera dans tes tripes toute la vie. Il portait un t-shirt comme on en achète sur les marchés, avec un loup qui hurle à la lune, et portait des bottes de moto. Il était tatoué. Tu te souviens qu'il avait appelé sa fille Laura. Tu as quarante ans et sur l'autoroute, il fait nuit, il tombe des cordes, tu écoutes Nostalgie. C'est toi qui perds tes cheveux maintenant. Tu es fatigué. Tu l'es tout le temps de toute façon. Tu as des casseroles, des regrets, une pension alimentaire à payer. Tu ne sais même pas où tu feras Noël cette année. Tu écoutes "au bout des poings des tessons de refus plantés dans mon destin". Ça dit quelque chose de toi, ça te serre la gorge. Et ils sont cent comme toi, sur cette route, dans des bleds, n'importe où, seuls, des hommes pareils.

Passé un certain stade, tu découvres un au-delà à la fatigue. L'épuisement de tes forces, la lourdeur des cernes, les amnésies, cette sorte de bourdonnement, de bruit de fond, ce sentiment constant d'incapacité n'étaient en réalité que le préambule à un autre état, incomparable, qui est une forme capricieuse de lucidité. À d'autres époques, dans des déserts, sur des montagnes, au cœur de villes dévastées par la guerre, ce sentiment de vide vertical a peut-être suffi à attester l'existence de Dieu. En tout cas, ces nouvelles coordonnées où tu résides désormais, rien ne peut t'y arracher, ni le sommeil, ni l'effort, ni la peine. Ton existence est enfin rendue à l'état gazeux, là où tout a commencé, avant la possibilité du bruit et de la chair. À la rigueur, on pourrait dire que tu n'es plus qu'un regard dans un trou de serrure. Mais il n'y a ni porte ni maison et rien à voir. Tu n'es plus que cette impression impondérable. Et ta liberté, aux marges où se situe maintenant ce corps atone, redevient absolument souveraine. Puisque tu ne peux plus rien faire, plus rien n'a de prise sur toi et tu jouis patiemment, interminablement, et de manière un peu perverse, de ce pouvoir ambigu qui t'échoit aux confins de la paralysie.

On traverse la vie comme ça, en faisant le deuil par hypothèse d'une famille qui aurait pu être. Ce sont nos seuls vrais fantômes, ces histoires qui ont loupé le coche, ces autres qui auraient peut-être comblé les vides qu'on trimballe partout avec soi. Peut-être qu'au fond, on part exister loin de chez soi juste pour ça, s'inventer des rencontres, des amitiés, trouver des profs, des collègues, des ennuis, des amours qui se substitueront à ceux qui, faute d'être, nous ont légué trop de lacunes.

Un jour viendra le dernier été, celui dont on jouit sans savoir, qui brûle déjà dans notre dos et nous regarde finir. Mais pas cette fois, pas cette année. À nouveau, il y aura l'herbe brûlée qui pique les mollets, le sel qui tire la peau, les lampions, le vin glacé, des filles de seize ans et des garçons de treize qui les regardent à se faire du mal, des tours interminables à vélo, en scoot, dans des villages, des lotissements, de l'amour partout sous la surface, qui se cherche des mains, une peau où exister, et la terreur de midi quand l'ombre même se terre. Il y aura tout le bleu, celui de tes yeux et de la Méditerranée, du ciel et de la terre, car tout sera bleu, jusqu'au cœur, une couleur si large qu'elle contredit la nuit, qu'elle devient comme toi tout l'univers. Une fois de plus, l'air sera tourné comme une soupe par des ventilateurs impuissants à nous donner ces deux ou trois heures de sommeil d'après les corps. Dans l'ombre, un peu de poussière témoignera mieux que nous dans l'oblique des persiennes. Une goutte perlera à ton flanc, sur une bouteille de bière, un peu de buée et l'odeur merveilleuse de l'origan, d'une pizzeria toute proche qui déjà fomentera le soir. Il y aura des insomnies fenêtres grandes ouvertes, des draps froissés, des livres qu'on n'oubliera pas, des siestes qui laissent la bouche amère, l'alcool glacé et les douches tièdes, des pieds nus sur le carrelage, et l'immobilité parfaite de ce temps qui, entre juillet et août, se fige pour toujours, devient notre mémoire, l'image adoucie d'un peu d'adolescence à refaire. Il y aura l'été, c'est la seule promesse, une saison enfin pour leur échapper.

Ce matin, tu t'es levé tôt pour aller prendre un train. Dans cette ville médiane, tout reposait dans le gris-mauve des pierres, et lentement tu as vu le ciel monter, vert, jaune et clair, propre comme une haleine de menthe, acidulé sur le contour des toits. C'était un matin comme autrefois, quand venait la fin de l'année, qu'on tombait amoureux à l'occasion d'un voyage de classe, au fond d'un bus, et qu'on sentait grandir les séparations de juillet. Neuf mois interminables soudain devenaient trop brefs. On n'avait rien vu venir. Une fille ou un garçon qu'on avait lorgné de l'autre bout de la cour se dissipait. Tu as traversé la ville où des étudiants et des collégiens frayaient leur passage tranquille, débarrassés de leur doudoune, de leur bonnet. Ils avaient leurs affaires, des leçons de droit, de mathématiques et d'anatomie plein le crâne, se préparant à des examens ou à passer le Bafa. Certains, c'est sûr, avaient l'esprit libre de toute science et se laissaient porter par le climat si doux de ce début de printemps. La circulation du mercredi n'était pas si désagréable. Tout avait un air de neuf. Tu avais envie d'un café et de regarder passer les gens, te remplir de leur tendresse fugitive, profiter de cette minute identique à tant d'autres, revenue malgré la mort progressive des saisons. Et en dépit de la guerre, des lois et de l'impossibilité de la mer, malgré tes cernes et les mauvais choix, tu étais à cet instant l'homme le plus content de la terre.

DU MÊME AUTEUR

ROMANS

AUX ANIMAUX LA GUERRE (prix Mystère de la critique, prix *Transfuge* du meilleur espoir polar, prix Erckmann-Chatrian, prix Sang d'encre des lycéens, prix littéraire de la Roquette, prix du Goéland masqué), Actes Sud, 2014; Actes Sud audio (lu par Victorien Robert), 2023; Babel noir n° 147.

LEURS ENFANTS APRÈS EUX (prix Goncourt, prix Blù Jean-Marc Roberts, La Feuille d'or de la ville de Nancy, prix des Médias France Bleu-France 3 / *L'Est républicain*, prix du deuxième roman Alain Spiess / Le Central), Actes Sud, 2018 ; Actes Sud audio (lu par Julien Allouf), 2020; Babel n° 1705.

ROSE ROYAL, éditions In8, 2019; suivi de *LA RETRAITE DU JUGE WAGNER*, Babel n° 1749.

CONNEMARA (livre préféré des lecteurs de *Télérama*), Actes Sud, 2022; Actes Sud audio (lu par Alysson Paradis), 2022; Babel n° 1878.

JEUNESSE

LA GRANDE ÉCOLE (illustrations de Pierre-Henry Gomont), Actes Sud Jeunesse, 2020.

LE SECRET DES PARENTS (illustrations de Pierre-Henry Gomont), Actes Sud Jeunesse, 2021.

PAPA (illustrations de Stéphane Kiehl), Actes Sud Jeunesse, 2022.

WHEN I WAS 15, LIRE ET DIRE LE DÉSIR, préface, ouvrage collectif, Thierry Magnier, 2023.

DOCUMENT

NICOLAS MATHIEU, UN ÉCRIVAIN AU TRAVAIL (avec Richard Gaitet), Arte éditions / Points, coll. "Bookmakers", 2023.

NICOLAS MATHIEU
Nicolas Mathieu est né en 1978 dans les Vosges. En 2014, il publie son premier roman *Aux animaux la guerre*, adapté pour la télévision avec Alain Tasma. En 2018, son deuxième livre, *Leurs enfants après eux*, remporte le prix Goncourt. Il publie *Connemara* en 2022.

ALINE ZALKO
Aline Zalko vit et travaille à Paris. Elle publie ses premiers dessins dans le *New York Times* et collabore régulièrement avec *Le Monde*, le *Zeit* ou encore le *New Yorker*. En 2023 paraît *Martinique*, une monographie publiée aux éditions de La Table ronde. Ses dessins et peintures sont régulièrement présentés en galerie.

Recueil établi avec Emmanuelle Lê
Dessins et peintures : Aline Zalko
Création graphique et mise en page : Léa Chevrier
Fabrication : Mathilde Allier
Photogravure : Frédéric Claudel
Relecture : Claire Petit

Achevé d'imprimer par l'imprimerie Pollina à Luçon (France) pour le compte des éditions Actes Sud, Le Méjan, place Nina-Berberova, 13200 Arles
N° imprimeur : 48412
(Imprimé en France)

© Actes Sud, 2024
Dépôt légal 1re édition : février 2024
ISBN 978-2-330-18549-7